Bettina Obrecht, 1964 in Lörrach/Baden geboren. Studium der spanischen und englischen Sprache. Stipendium für Literatur der Akademie Schloß Solitude. Autorin und Übersetzerin. Freie Mitarbeiterin beim Süddeutschen Rundfunk (Kurzhörspiel, Feature, Kinderhörspiel). Wurde für ihre Kurzprosa und Lyrik mit mehreren Preisen ausgezeichnet.

Bettina Obrecht

Briefe nach Amerika

Verlag Friedrich Oetinger · Hamburg

Einband von Jutta Bauer
Satz: Utesch Satztechnik GmbH, Hamburg
Druck und Bindung: Offizin Andersen Nexö Leipzig GmbH, Zwenkau
Printed in Germany 1996

ISBN 3-7891-4404-5

Inhalt

Eichhörnchensommer

Carina führte zu dieser Zeit vier Tagebücher auf einmal. Jedes davon erfüllte seinen ganz eigenen Zweck: Ins erste schrieb sie, was allgemein jeden Tag los war. Es war ein gewöhnliches Alltagstagebuch. Das zweite benutzte sie, wenn sie mit ihren Eltern in Urlaub fuhr oder auch nur einen besonders schönen Ausflug mit ihnen machte – etwa in den Zoo oder an den Rhein, dahin, wo es immer so viele Enten und Kormorane gab. Im dritten berichtete sie über die Abenteuer, die sie mit ihrer besten Freundin Anja erlebte. Und das vierte war ausschließlich für Carinas Träume da. Anfang der sechsten Klasse hatte die Deutschlehrerin gesagt, aus seinen Träumen könne der Mensch eine Menge lernen, aber dazu müsse er sie gleich nach dem Erwachen aufschreiben.

Es war schon eine ganze Weile her, aber Carina hatte in ihrem Traum-Tagebuch gerade erst zwei Seiten vollgeschrieben. Das war kein Wunder, denn morgens sprang sie meistens so schnell aus dem Bett, daß sie gar keine Zeit hatte, ihren gerade ausgeträumten Traum aufzuschreiben. Wenn sie später am Tag daran dachte, hatte sie schon wieder vergessen, was sie überhaupt geträumt hatte. Und wenn sie doch mal direkt nach dem Aufwa-

chen das Heft unter dem Bett hervorholte, dann lag sie meistens eine Weile mit dem Stift in der Hand da und wußte überhaupt nicht, wo sie anfangen sollte.
Träume aufschreiben war nämlich sehr schwierig. Meistens träumt man ja Geschichten, die keinen richtigen Anfang und keinen richtigen Schluß haben. Manchmal träumte Carina Dinge, die ganz schrecklich klangen, wenn man sie aufschrieb, aber im Traum hatten sie sich gar nicht so schrecklich angefühlt. Oder umgekehrt: Das, was sie aufschreiben wollte, klang ganz harmlos, aber Carina kriegte immer noch Herzklopfen, wenn sie daran dachte.
Wenn Carina später als Erwachsene dieses Tagebuch durchlesen würde, dann könnte sie im nachhinein die Träume vielleicht verstehen. Sie konnte es kaum erwarten.
Jedenfalls, das waren Carinas vier Tagebücher, auch wenn die zwei Seiten Traum-Tagebuch noch nicht so richtig zählten.
Zumindest in den anderen drei schrieb sie fast alles auf, was in diesem Sommer geschah. Nötig war das eigentlich nicht. Carina war sich sicher, daß sie nichts davon jemals vergessen würde: den letzten Sommer mit Anja und den Eichhörnchen und wie das dann alles weiterging oder eben nicht weiterging.
Anja war Carinas beste Freundin, und das schon immer. Schon immer, das hieß: seit der ersten Klasse. In der Grundschule hatte Carina viele Freunde gehabt. Eigentlich waren fast alle ihre Freunde oder wollten es gerne sein. Manchmal brachte so was Probleme. Zum Beispiel, weil Carina so oft zu Geburtstagsfeiern eingeladen wurde. Natürlich ging sie gerne zu Kindergeburtstagen, aber ihre Mutter sagte manchmal:

»Du kannst nicht alle Einladungen annehmen. Sonst müssen wir jedes Kind, das dich eingeladen hat, nächstes Jahr zu deinem Geburtstag einladen. Und wir haben nicht genügend Platz für so viele Kinder.«
Carina mußte sich also aussuchen, welche Kinder sie am liebsten mochte, und den anderen mußte sie absagen. Das machte sie nicht gern.
Mit Anja, das war etwas anderes. Anja war Carinas beste Freundin, und Einladungen von seiner besten Freundin durfte man immer annehmen. Das galt nicht nur für Geburtstage, sondern das ganze Jahr über an allen freien Nachmittagen. Nur nicht am Wochenende, das war für die Familie da.
Carina und Anja hatten nie Langeweile. Sie spielten im Haus oder draußen, je nach Wetter und Jahreszeit, und sie lernten zusammen für Klassenarbeiten. Und sie konnten über alles reden. So ist das mit besten Freundinnen. Wenn man eine hat, ist man nie allein. Wenn sich Anja und Carina mal einen Tag nicht sahen, dann schrieben sie einander lange Briefe.
»Wie ein Liebespaar«, sagte Carinas Bruder Björn verächtlich. Er mußte es wissen, denn er war älter als Carina und dauernd in irgendwelche Mädchen verliebt.
Jetzt kamen Anja und Carina bald in die siebte Klasse und hatten schon große Fahrräder, mit denen sie Ausflüge in die Umgebung machen konnten. Über solche Ausflüge berichtete Carina in ihrem »Tagebuch mit Anja«.
An einem dieser Tage hatten sie den Wurzelwald entdeckt. Der Wurzelwald hieß nicht wirklich Wurzelwald, aber Carina und Anja nannten ihn so, weil sich an vielen Stellen dicke Wurzeln aus dem Boden wölbten. Man mußte aufpassen, daß man mit dem Fahrrad nicht einen Pur-

zelbaum drüber schlug, wenn man dauernd den Vögeln nachguckte. Außer den Vögeln gab es jede Menge Eichhörnchen.
»Wir könnten ihn auch Eichhörnchenwald nennen«, schlug Anja vor.
»Nööö.« Carina schüttelte den Kopf. »Wurzelwald klingt viel besser. Nach Abenteuer. Vergrabene Schätze, Geister und so.«
»Aber füttern könnten wir die Eichhörnchen«, sagte Anja. »Im Stadtpark bringen die Leute denen immer was zu fressen mit.«
Bisher hatten Carina und Anja bei ihren Ausflügen immer nur für sich selber ein Picknick mitgenommen. Obst oder Kekse oder was sie sonst zu Hause unauffällig einstecken konnten. Die Mütter um Proviant bitten, das ging nicht. Die sollten das mit dem Wurzelwald lieber nicht wissen. Sie hatten nämlich ständig Angst, es könnte was passieren.
Carina stieß auf einen Rest Walnüsse, die noch von Weihnachten übrig waren.
»Nüsse fressen die überhaupt am allerliebsten!« sagte sie zufrieden, als sie Anja im Wald ihre Beute zeigte.
»Und wie locken wir sie jetzt an?« fragte Anja.
»Wir essen selber welche«, sagte Carina. »Das merken sie bestimmt.«
Und tatsächlich: Kaum hatten sie ein paar Nüsse geknackt, da turnte auch schon ein Eichhörnchen über ihnen in den Ästen.
Carina nahm ein paar Nußkerne und streckte die Hand aus. »Die fressen den Leuten aus der Hand«, flüsterte sie. »Ich hab's im Fernsehen gesehen.«
Das Eichhörnchen hatte die Sendung offensichtlich auch gesehen, denn es kam heran, legte zwei kalte Pfötchen

auf Carinas Zeigefinger und angelte mit langen gelben Zähnen die Nuß aus ihrer Handfläche.
Carina und Anja weinten natürlich nicht vor Rührung, das taten nur die Leute in den amerikanischen Fernsehserien. Wenn Anja und Carina mal weinten, dann, weil sie traurig waren oder höchstens noch wütend. Das hier war kein Grund zum Weinen, aber es krabbelte schon ein bißchen im Bauch.
Die Fahrräder lagen am Wegrand. Vögel hüpften mit Freßneid in den Knopfaugen näher an die Bank heran, und wenn Carina nicht am nächsten Tag einen Termin beim Zahnarzt gehabt hätte, wäre es ein makellos schöner Tag gewesen. Ein Tag, den sie nie vergessen würde und über den sie in ihrem »Tagebuch mit Anja« ausführlich berichtete.
Anja hatte auch ein »Tagebuch mit Carina«. Beim nächsten Treffen lasen sie sich gegenseitig ihre Schilderungen vor und zeigten einander die Bilder, die sie dazu gemalt hatten. Anja machte mehr Rechtschreibfehler als Carina, aber dafür konnte sie wunderschöne Pferde malen. Und weil sie das wußte, malte sie auf fast jedes ihrer Bilder irgendwo ein Pferd, selbst wenn es nur im Hintergrund stand und zuschaute, wie Anja und Carina das Eichhörnchen fütterten.
»Da war auch eins!« behauptete Anja. »Auf der Weide bei den Pappeln!«
»Ich hab keins gesehen«, sagte Carina. Und fügte schnell hinzu: »Aber es kann schon sein.«
So war das, wenn man eine beste Freundin hatte.

Abgesehen von den Eichhörnchen spielten in jenem Sommer die Schlümpfe noch eine bedeutende Rolle. Carina

und Anja sammelten Schlümpfe. Beide für sich besaßen die größten Schlumpfsammlungen der ganzen Stadt, da waren sie sich ganz sicher. Sie hatten alle Schlümpfe, die es gab, manche sogar doppelt. Ihren Schlümpfen bauten sie draußen im Steingarten oder drinnen mit Legosteinen eigene Städte. Eigentlich waren es richtige kleine Königreiche, aber den König durften die Schlümpfe selbst wählen, sie waren nämlich demokratisch. Es gab auch einen Botschafter, der durfte Carina überallhin begleiten. Auch er wurde gewählt, aber diese Wahl war nicht so richtig demokratisch. Carina richtete es nämlich so ein, daß ihr jeweiliger Lieblingsschlumpf diesen Posten bekam. Die anderen Schlümpfe durften nicht wissen, daß sie mogelte. Sie wären bestimmt eifersüchtig geworden.
Anjas Schlumpfstadt hatte ebenfalls einen König und einen Botschafter. Anjas Botschafter stand neben Carinas Botschafter auf der gemeinsamen Schulbank, und während des Unterrichts konnten sie einander erzählen, was bei ihnen zu Hause vorgefallen war. Sie hatten es gut, sie brauchten nicht aufzupassen, und weil sie sich in der lautlosen Schlumpfsprache unterhielten, sagte der Lehrer auch nie: »Wenn ich jetzt noch einen Ton höre, dann fliegt ihr raus, aber alle beide!«
Es war eine Ehre für einen Schlumpf, wenn man ihn zum Botschafter ernannte. Natürlich war diese Ehre auch mit einem gewissen Risiko verbunden: Weil er überallhin mitgeschleppt wurde, konnte er auch leicht verlorengehen. Dann richtete die betroffene Schlumpfstadt eine große Trauerfeier aus, und auch eine Abordnung aus der Partnerstadt wurde eingeladen. Der König hielt eine viel zu lange Rede, und der Trompetenschlumpf spielte ein ganz trauriges Lied. Alle weinten, vor allem Anja und Carina.

Dann mußte gleich ein neuer Botschafter gewählt werden.
Wie in jedem Sommer, seit sie denken konnte, fuhr Carina auch im Eichhörnchensommer mit ihren Eltern in Urlaub. Sommerferien waren herrlich, und Urlaub mit den Eltern war überhaupt der Höhepunkt des ganzen Jahres. Aber Anja fehlte ihr. Zwei Wochen ohne Anja, das war kaum auszuhalten.
Und im Eichhörnchensommer hatten Carina und Anja doppelt Pech. Genau an dem Wochenende, an dem Carina mit ihren Eltern aus Spanien zurückkam, fuhr Anja mit ihren Eltern für zwei Wochen nach Österreich in die Berge.
Vier Wochen also diesmal ohne Anja! Auf so was nahmen Eltern natürlich keine Rücksicht, wenn sie ihren Urlaub planten.
Am letzten Tag vor Carinas Abreise tauschten sie feierlich ihre Schlumpfbotschafter aus.
»Ich schreib dir jeden Tag!« versprach Carina.
»Ich dir auch«, sagte Anja. »Mindestens eine Postkarte.«
»Postkarte gilt nicht«, sagte Carina. »Da steht gar nichts Richtiges drauf, nur, wie das Wetter ist und so.«
Carina schrieb Anja aus Spanien zwei Briefe, von denen einer erst ankam, als das Schuljahr schon wieder angefangen hatte. Anja schrieb Carina eine Postkarte mit einem Haflingerpferd drauf.
Solange man selber noch im Urlaub war, war die Trennung gut auszuhalten. Carina mochte das Meer, auch wenn es schade war, daß man sich am Strand vor lauter halbnackten Körpern, die da herumlagen, kaum bewegen und schon gar nicht Frisbee spielen konnte. Aber wenn man aus dem Urlaub kam, mußte man seiner besten

Freundin dringend alles erzählen. Das ging nun nicht. Sie mußte noch zwei Wochen warten.
Ganz schön blöd war das.
»Du hast doch genug andere Freunde«, sagte Carinas Mutter. »Ruf doch mal Nelle an. Oder klingel bei Sandra.«
»Och nööö.«
Mit anderen Freunden konnte man zur Not Federball spielen, aber dafür war es zu windig. Keiner von denen hatte eine Schlumpfstadt zu Hause, und in den Wurzelwald durfte Carina nicht mit anderen Kindern fahren. Der gehörte Anja und Carina ganz allein, das hatten sie sich geschworen. Na gut, sie hatten sich nicht getraut, den Schwur gleich mit Blut zu besiegeln, aber er galt trotzdem.
Zwei Wochen, das war eine ewige, fürchterlich lange Zeit. Carina hatte viel Zeit zum Tagebuchschreiben, aber leider passierte nichts, worüber sie hätte schreiben können.
»Geht auch vorbei«, sagten die Erwachsenen. »Zwei Wochen, das ist doch nichts.«
Als Anja dann endlich zurückkam, war sie genauso braungebrannt, wie es Carina zwei Wochen zuvor gewesen war.
»Wurzelwald?« fragte Anja.
»Klar.«
Carina schlich in den Keller und steckte eine Handvoll Nüsse ein. Anja hatte eine Packung österreichische Kekse mitgebracht.
An diesem Tag ließ sich kein Eichhörnchen blicken. Das war nicht so schlimm, denn Anja und Carina hatten einander viel zu erzählen. Wenn ein Eichhörnchen kam, durfte man nicht soviel reden. Sonst kriegte es Angst, blieb auf seinem Ast sitzen und schimpfte.

»Wir müssen doch unsere Botschafter wieder austauschen«, fiel Carina ein, als sie vor der Rückfahrt ihre Tasche auf den Gepäckträger klemmte. »Hast du meinen Botschafter dabei?«
»Nö«, sagte Anja. »Hab ich vergessen.« Und sie schwang sich in den Sattel und fuhr los.
Am ersten Schultag brachte sie ihn dann mit.

Erste Schultage waren nicht ganz so trist wie andere. Da traf man Mitschüler wieder, die man sechs Wochen lang nicht gesehen hatte, und es gab natürlich eine Menge zu erzählen. Die Lehrer konnten noch nicht so ernsthaft unterrichten. Zuerst mußten sie Stundenpläne diktieren, Bücherlisten austeilen und erklären, welche Hefte man für welches Fach kaufen mußte und welche Umschläge dazu.
Und außerdem wurde gleich am ersten Tag der Klassensprecher gewählt.
»Macht Vorschläge!« forderte Herr Weidinger, der Klassenlehrer, und stellte sich mit der Kreide in der Hand vor die Tafel.
Carina kriegte sofort ganz feuchte Hände.
Seit sie in die erste Klasse gekommen war, war sie immer Klassensprecherin gewesen, die ganze Grundschule über und auch die ersten beiden Jahre im Gymnasium.
»Florian!« schlug jemand vor.
Zustimmendes Gemurmel.
Florian war neben Carina der Beste in der Klasse, das heißt: In manchen Fächern, zum Beispiel Mathe, war er besser als Carina; in anderen, zum Beispiel Französisch, war Carina besser.
Es war ein bißchen unheimlich, daß jemand bessere No-

ten kriegte als sie. In der Grundschule war niemand in irgendeinem Fach besser gewesen als Carina.
Außer in Sport und Handarbeit, aber das zählte nicht so richtig, fand sie.
»Weitere Vorschläge?«
»Sabrina!«
»Ramon!«
Herr Weidinger schrieb die Namen untereinander auf die Tafel. Carina drückte unter der Bank ihren Schlumpfbotschafter und schwitzte. Wenn man die Schlümpfe zu viel in der Hand rumdrückte, wurden sie vom Schweiß ganz spröde und bräunlich, und manchmal brachen dann irgendwelche dünnen Teile ab und ließen sich auch nicht mehr ankleben. Aber in Notsituationen konnte sie darauf keine Rücksicht nehmen. Es war so etwas wie das Berufsrisiko der Schlumpfbotschafter.
»Carina!« schlug Anja vor. Das war sie ihrer besten Freundin schuldig.
Die Reaktion war lange nicht so begeistert wie bei Florian.
Carina meinte sogar, daß da einige murrten.
»Ich will dieses Jahr gar nicht mehr Klassensprecherin werden«, murmelte sie und rutschte tiefer unter ihren Tisch. Sie sagte es aber so leise, daß Herr Weidinger es nicht hören konnte und ihren Namen zuunterst auf die Tafel schrieb.
Zuunterst!
»Ich muß aufs Klo!« flüsterte Carina. Aber sie konnte jetzt nicht einfach aufs Klo gehen, denn sie mußte selber auch mit abstimmen. Die Abstimmung war geheim, das hieß, jeder kriegte einen Zettel, schrieb einen der Namen darauf und faltete den Zettel zusammen. Weil Lisa ganz

vorne saß und keinen so weiten Weg hatte, holte Herr Weidinger sie an die Tafel. Dann las er nacheinander die Namen vor, die auf den Zetteln standen. Jedesmal, wenn er einen vorlas, machte Lisa einen dicken Strich hinter den entsprechenden Namen an der Tafel.
Wählen ging eigentlich ganz leicht. Carina kannte das schon von den Schlümpfen.
Als alle Zettel auseinandergefaltet und alle Namen vorgelesen worden waren, standen hinter »Carina« drei Striche.
Drei!
Und Florian hatte siebzehn.
Da war irgendwas passiert.
»Na und?« fragte Anja nach Schulschluß. »Ich war überhaupt noch nie Klassensprecherin. Mich hat noch nicht mal jemand vorgeschlagen. Und ich bin auch nicht gleich beleidigt.«
Eigentlich hatte sie ja recht.
Eigentlich hatte sie ja auch nicht recht.
Es machte merkwürdigerweise einen Unterschied, ob man etwas noch *nie* war oder *nicht mehr*.
Wenn Carina im letzten Jahr fünfzehn Striche gekriegt hatte und jetzt nur noch drei, dann konnte sie sich ganz einfach an zehn Fingern und ein paar Zehen abzählen, daß zwölf Kinder in der Klasse sie in diesem Jahr weniger leiden konnten als im Vorjahr.
Und das war weit schlimmer, als gar nicht erst vorgeschlagen zu werden.
»Ich hatte sowieso keine Lust mehr, Klassensprecherin zu werden«, sagte Carina.
»Stimmt ja gar nicht!« stellte Anja gnadenlos fest. »Du heulst ja!«

»Ich heul gar nicht!« heulte Carina. »Klassensprecherin sein ist blöd!«
Klassensprecherin sein war wirklich oft blöd, das meinte Carina eigentlich ganz ernst. Aber es war eben auch ein schönes Gefühl, wenn man in der Klasse so beliebt war.
»Du bist eine schlechte Verliererin!« sagte Anja, und da hatte sie leider recht. Carina war eine lausige Verliererin, darüber machten sich dauernd alle lustig, besonders ihre Eltern und ihr Bruder. Wenn sie in einem Spiel verlor, dann heulte sie oft. Nur nicht, wenn sie mit Anja spielte, da war es nicht so schlimm. Es war ihr selber richtig peinlich, daß sie so eine schlechte Verliererin war, aber sie konnte nichts dagegen tun.
Das allein war allerdings keine Erklärung für ihre Niedergeschlagenheit. Hinter dieser Strichliste an der Tafel steckte noch etwas anderes.
Als Carina sich sehr viel später traute, in ihrem Alltags-Tagebuch die Eintragung zu diesem Tag nachzulesen, merkte sie, daß genau an diesem Punkt die Angst angefangen hatte.
Sie grübelte vor sich hin.
Irgendwann im Laufe des vergangenen Jahres mußte sie irgendwas angestellt haben, was ihr mindestens zwölf Mitschüler übelnahmen.
»Das heißt doch nicht, daß sie dich nicht mehr leiden können«, sagte Björn beim Mittagessen. »Das heißt nichts anderes, als daß sie Florian noch besser leiden können als dich.«
»Ist er denn nicht nett, der Florian?« fragte Mama. »Ich hab gedacht, du magst ihn auch ganz gern.«
»Ich mag den gar nicht«, verteidigte sich Carina. »Ich rede überhaupt nicht mit dem.«

»Konkurrenznudel!« sagte Björn.
»Vielleicht hast du als Klassensprecherin deine Aufgaben nicht richtig erfüllt«, sagte Papa.
Carina stocherte im Salat und dachte nach. Klassensprecher hatten gar nicht so viele Aufgaben. Sie organisierten Klassenfeste, nahmen an den Sitzungen der Schülervertretung teil und kriegten dafür die sechste Stunde frei, sie sammelten das Geld für die Klassenkasse ein, und wenn es ganz schlimm kam, mußten sie sich mal bei einem Lehrer beschweren, der zu viele Hausarbeiten aufgab.
»Hab ich alles gemacht«, sagte Carina und spießte Schnittlauchröllchen auf die Gabelzinken.
»Es wird schon einen Grund haben, wenn sie dich nicht mehr wählen«, sagte Mama und zog Carina den Teller weg. »Man muß etwas dafür tun, daß man seine Freunde nicht verliert.«
»Ich hab ja Anja«, sagte Carina. »Überhaupt kann ich mit niemandem so gut reden wie mit Anja.«
Noch am selben Nachmittag sagte sie dasselbe zu Anja. Die gab ihr recht.
»Wir sind immer noch zwei«, sagte sie.
Wozu brauchten sie denn überhaupt diese anderen zwölf?

Die Eichhörnchen ließen sich nicht mehr aus der Hand füttern. Es war Herbst geworden, und sie fanden mühelos selber genug zu fressen. Da hatten sie es überhaupt nicht mehr nötig, sich mit Carina und Anja abzugeben.
Spinnen krochen jetzt in Mengen über den Waldboden, aber das war auch nicht gerade ein Trost.
Anja und Carina knackten die Nüsse trotzdem, bevor sie sich auf den Rückweg machten. Die Kerne legten sie auf einen Baumstumpf in der Nähe der Bank.

»Das finden sie bestimmt«, sagte Carina.
»Dann riechen sie unsere Hände«, sagte Anja. »Vielleicht können sie sich an uns erinnern.«
Sie drückten die Nußkerne noch einmal kräftig, so daß ihre Hände ganz fettig wurden.
Es war immerhin eine Möglichkeit, den Eichhörnchen schöne Grüße zu bestellen.

Florian war jetzt also Klassensprecher, aber das war noch nicht alles. Er war überhaupt plötzlich der große Star. In den Pausen scharten sich alle Mädchen und Jungen um ihn und warteten darauf, daß er etwas Witziges sagte. Florian sagte oft witzige Sachen.
Aber merkwürdig war: Das, was er sagte, brauchte gar nicht unbedingt furchtbar witzig zu sein. Die anderen lachten über alles, was er sagte, sogar über Sachen, die ziemlich blöd waren.
Die anderen fanden ihn einfach toll.
Es war ein Rätsel.
Aber genaugenommen war auch das nicht schlimm, denn Carina hatte ja noch Anja. Mit der zog sie in den großen Pausen endlose Runden über den Schulhof.
Na gut, es war schon ein bißchen traurig, jeden Tag allein zu zweit herumzulaufen. Früher waren sie immer eine Gruppe gewesen und hatten Fangen oder Gummitwist gespielt. Heute bewegte sich die große Gruppe überhaupt nicht mehr. Die standen immer nur im Kreis herum, und im Zentrum des Kreises stand Florian.
»Die Mädchen sind alle in Florian verliebt!« spottete Anja.
Carina beobachtete Lisa und Sabrina und die anderen Mädchen und kicherte.

Die interessierten sich tatsächlich für Jungs!
Ganz schön albern.
»Davon muß ich zu Hause erzählen«, sagte Carinas Schlumpfbotschafter zu Anjas Schlumpfbotschafter. »Die werden sich totlachen.«
Aber Anjas Schlumpfbotschafter gab keine Antwort. Sie hatte ihn nämlich nicht dabei.

Der Winter brach so überraschend und so eisig herein, daß die Schwalben nicht mehr rechtzeitig nach Süden fliegen konnten. Im Fernsehen zeigten sie, wie die Vögel in dicken Trauben an den Häuserwänden hingen. Sie konnten sich gar nicht mehr rühren vor Schreck und vor Kälte. Die Feuerwehr mußte kommen, ihre langen Leitern ausfahren und die Vögel von den Wänden pflücken wie Spalierobst. Freiwillige Helfer packten sie in Kisten und schickten sie per Flugzeug in den Süden. Aber viele Schwalben erfroren, noch bevor die Feuerwehr sie retten konnte. Es war ein Drama, sagten die im Fernsehen.
Als Anja und Carina ihre übliche Runde über den Schulhof drehten, entdeckten sie eine Gruppe von Schwalben an der Giebelseite eines Mietshauses direkt gegenüber der Schule.
Ihnen wurde ganz übel vor Aufregung und Verantwortung. Man mußte unbedingt jemanden informieren!
Aber wen?
»Den Vertrauenslehrer!« Das war das einzige, was Anja einfiel.
Eigentlich durften sie während der Pause nicht ins Schulhaus hinein, aber die Aufsicht ließ Gnade walten, als sie erfuhr, daß Carina und Anja den Vertrauenslehrer suchten. Vertrauenslehrer waren dazu da zu verhindern, daß

Schüler Drogen nahmen oder sich wegen ihrer schlechten Noten aufhängten. So was kam nämlich vor.
Der Vertrauenslehrer kam aus dem Lehrerzimmer gestapft, zog eine Tabakspfeife aus dem Gewirr seines schwarzen Bartes und starrte die beiden Mädchen ungläubig an, während sie die Schwalbengeschichte erzählten.
»Man muß die Feuerwehr holen«, stammelte Anja. »Ganz schnell! Die erfrieren sonst!«
Der Bart des Vertrauenslehrers verzog sich ein bißchen in die Breite, wahrscheinlich war das ein Lächeln.
»Das ist wohl eher ein Fall für einen Biologielehrer«, meinte er.
Und verschwand im Lehrerzimmer.
Es klingelte zum ersten Mal. Anja und Carina rasten zum Biologiesaal. Irgendein Lehrer mußte doch da sein!
Es waren sogar zwei da. Die hatten keine Pfeifen und keine Bärte, nur lange weiße Kittel. Aber sie guckten genauso fassungslos, als sie die Geschichte hörten.
Dann lachten sie herzlich im Duett.
»Die Feuerwehr!« sagte einer der Weißkittel zum anderen. »Wegen der Schwalben! Das ist gut.«
Anja und Carina kamen zu spät in die Geschichtsstunde, und die anderen grinsten, als sie eine Eintragung ins Klassenbuch ernteten. Aber den beiden war das völlig gleichgültig. Da draußen erfroren die Schwalben, und die Erwachsenen lachten nur oder schrieben Einträge ins Klassenbuch.
Der Gong nach der letzten Stunde war noch nicht verhallt, da standen Anja und Carina schon vor dem Mietshaus. Die Schwalben hingen immer noch da oben. Aber ein paar von ihnen lagen reglos auf der Straße. Carina stieß

einen der Vögel vorsichtig mit der Fußspitze an und drehte ihn halb auf den Rücken. Seine Augen waren milchig. Sie faßten keine der Schwalben an. Es war klar, daß sie tot waren, und tote Tiere durfte man nicht anfassen, sonst wurde man vergiftet.

»Was glaubst du denn, wer das bezahlt, wenn die Feuerwehr kommt?« fragte Carinas Mutter.
Carina zuckte nur mit den Schultern.
Noch nie hatte sie daran gedacht, daß man die Feuerwehr bezahlen mußte. Die mußte doch einfach kommen, wenn es brannte oder die Katze sich nicht mehr vom Baum runtertraute oder wenn man sie aus einem sonstigen Grund brauchte.
So fing der Winter an.
Weil Carina nicht mehr Klassensprecherin war, brauchte sie in diesem Jahr nicht mehr die Beiträge für das Klassenfest einzusammeln.
Das hatte sie sowieso nie gerne gemacht, und darum war sie nicht weiter traurig.
Aber weil es doch merkwürdig war, plötzlich für gar nichts mehr Verantwortung zu tragen, meldeten sich Anja und sie freiwillig für die Aufgabe, das Klassenzimmer festlich zu schmücken. Für einen Teil des von Florian eingesammelten Geldes kauften sie Luftschlangen und Kreppapier, Girlanden und Luftballons. Schon drei Stunden vor Beginn des Festes waren sie in der Schule, standen auf Stühlen und dekorierten, bis sich unter den Armen ihrer Party-Blusen dunkle Schweißflecken abzeichneten. Florian und Sabrina, seine Vertreterin, waren auch schon da. Sie rückten unentwegt Stühle und Tische von einer Ecke des Raums in die andere.

»Hier müßt ihr mehr schmücken!« rief Florian Anja und Carina zu. »Die Lampen bunt abkleben und so. Hier wird getanzt!«
»Getanzt?« wiederholte Anja ganz perplex, und Carina fiel vor Lachen fast von ihrem Stuhl.
»Wir sind ja schließlich nicht mehr im Kindergarten«, sagte Sabrina. »Wir feiern jetzt richtige Feste.«
»Pffff...« machte Carina.
Waren die Klassenfeste der vergangenen Jahre etwa nicht »richtig« gewesen? Nur, weil keiner herumgehoppelt war?
»So ein Quatsch.«
Wirklich, es war alles Quatsch, aber sie konnten nichts dagegen tun. Das ganze Fest war doof. Anja und Carina hockten düster in einer Ecke. Tanzen war stinklangweilig. Die Musik mit ihrem nervtötenden Rhythmus bretterte so laut, daß einem ganz schwindlig wurde.
»Bumm bumm bumm«, machte Carina verächtlich mit den Bässen der Musik.
Man konnte sich nicht vernünftig unterhalten und schon gar keine Spiele mehr spielen, so wie früher. Es blieb ihnen nichts anderes übrig, als zuzuschauen, wie die anderen blöd durch die Gegend hopsten.
Ein paar von denen hatten sogar solches Glitzerzeug an, wie man es im Fernsehen manchmal sah, wenn die Kripobeamten einem Verdächtigen bis in die Disco folgten. Und Armreifen, die im Dunkeln leuchteten. Es hatte alles eher etwas Fasnächtliches, nur war es nicht lustig, und außerdem war bald Weihnachtszeit.
»Jetzt kommt schon, macht mit!« keuchte Herr Weidinger, als er an den beiden vorbeihopste.
Anja und Carina schüttelten die Köpfe, holten sich jede

eine Cola und eine Handvoll Erdnußflips und setzten sich auf ein Fensterbrett, von dem aus sie die merkwürdigen Vorgänge überblicken konnten.
»Hast du gesehen«, flüsterte Carina düster. »Sabrina hat sich geschminkt.«
Anja verschluckte sich an ihren Erdnußflips.
»Letztes Mal war es viel schöner!« jammerte sie, als sie wieder Luft bekam. »Da war es doch total witzig.«
Flüsterpost hatten sie gespielt und Armer Schwarzer Kater und Schuheriechen, und Carina hatte noch tagelang der Bauch weh getan, so sehr hatte sie gelacht.
Manchmal mußten sie bei diesen früheren Festen auch singen, aber selbst Singen war noch besser als das hier. Mit diesem sogenannten »richtigen Fest« konnte man ja überhaupt nichts mehr anfangen. Eine richtige Pleite war das.
Und während Carina ihre Erdnußflips zwischen den Zähnen zermalmte und die Bässe der Musik in der Fensterbank vibrierten, beschlich sie eine ungute Ahnung.
Möglicherweise würde es nie wieder ein wirklich lustiges Klassenfest geben.
Wenn sie sich die Schüler in den höheren Klassen so anschaute, dann war zu befürchten, daß die auch nicht mehr Armer Schwarzer Kater spielten. Die sahen ganz so aus, als hätten sie alle vergessen, wie man lustige Feste feierte.
Sie waren einfach nicht mehr normal.
Es war zum Fürchten.
Nur gut, daß es Anja gab!

Schneebälle

Das siebte Schuljahr brachte auch ein paar erfreuliche Veränderungen.
Eine davon war der Englischunterricht. Französisch lernte die Klasse schon seit zwei Jahren. Das fiel Carina leicht. Ihr blieben einfach alle neuen Wörter und Sätze im Gedächtnis hängen wie dicke Fische in einem engmaschigen Netz. Sicher kriegte sie Englisch auch noch unter.
Björn lernte schon seit drei Jahren Englisch. In der ersten Zeit mußte Carina ihn ab und zu Vokabeln abhören. Sie konnte sich alles gut merken und kannte sogar bald die ersten Lektionen aus Björns Buch auswendig.
Es war nicht besonders schwer. Schwierig war eigentlich nur, daß man auf englisch lispeln mußte. Björn stand stundenlang vor dem Spiegel, legte die Zunge zwischen die Zähne und übte, auf englisch zu lispeln. Er tat das weniger für die Schule als deswegen, weil er sich eine Gitarre hatte schenken lassen und nun englische Lieder singen wollte. Das gefiel den Mädchen, sie fanden es romantisch.
»Es klingt aber albern, wenn man das Ti-eitsch nicht kann«, sagte er und warf mit der Zahnpastatube nach Carina, weil die ihn auslachte.

Aber nun war es soweit. Carina hatte selbst Englischunterricht. Sie hatten Glück und kriegten eine sehr nette Lehrerin: Frau Seibold.
Frau Seibold war das, was die Eltern »sehr jung« nannten, das heißt, im Grunde war sie auch schon ziemlich alt, aber eben noch jünger als die Eltern. Sie hatte mauskurzes, dünnes Haar und eine lange Nase, und ihre Augen schienen immer leicht erstaunt in die Welt zu blicken.
»Wie ein Pinguin«, sagte Florian. »Sie geht auch nicht, sie watschelt.«
Das war gemein, aber es stimmte.
Zunächst war Carina enttäuscht. Englisch fing ganz langweilig an. Denn sie erinnerte sich noch an den Stoff der ersten Lektionen. Ihr Bruder hatte mit dem gleichen Buch gelernt.
Carina stützte in der Englischstunde ihr Kinn in die Hand und schaute durch die Tafel hindurch bis zum südlichen Polarmeer, wo Tausende von Pinguinen auf ihren Bäuchen über das Eis schlitterten.
»Das ist ja prima, daß du schon etwas kannst!« Frau Seibold war ganz begeistert. »Lies uns doch mal vor.«
Carina leierte lustlos ein paar kurze Sätze herunter. Es ging im wesentlichen darum, daß John das Buch und Jill der Bleistift gehörte, daß Vivian einen Hut hatte und Tom ein Junge war.
Meine Güte.
»Du mußt ein bißchen Geduld haben«, sagte Frau Seibold. »Deine Klassenkameraden müssen dich ja erst einholen.«
Aber weil das voraussichtlich eine Weile dauern würde, brachte sie Carina nach ein paar Wochen ein kleines Heft mit, in dem kurze englische Geschichten standen.

»*Very funny*«, sagte Frau Seibold. »Schau doch mal da rein. Die schwierigeren Wörter sind erklärt.«
Das kannte Carina schon aus der Grundschule. Da hatten ihr die Lehrer auch manchmal besondere Bücher mitgebracht, damit es ihr nicht so langweilig wurde. Seit sie im Gymnasium war, langweilte sie sich aber nicht mehr. Das hatte erst mit dem Englischunterricht wieder angefangen.
Nach der Stunde, als Frau Seibold ihre Sachen zusammengeräumt hatte und mit einem »Good bye, children« aus der Tür gewatschelt war, drehte sich Sabrina zu Carina um und sagte laut und feierlich, so daß es alle hören konnten:
»Streber!«
Als Carina sich die Szene abends beim Tagebuchschreiben in Erinnerung rief, konnte sie sich gar nicht genau erinnern, ob es um sie herum tatsächlich ganz still geworden war oder ob es ihr nur im nachhinein so vorkam. Wie im Wilden Westen war das. Wäre Carina ein Cowboy gewesen, sie hätte ihren Tisch umgeworfen, wäre, während die anderen hinter ihren eigenen Pulten Deckung suchten, ganz langsamen Schrittes auf Sabrina zugegangen und hätte mit tiefer Stimme gesagt:
»Hast du irgendwas gesagt, Fremde?«
Nun war das Klassenzimmer aber leider kein Saloon, und Carina und Sabrina waren zwei Siebtkläßlerinnen.
Streber!
Das war ein Todesurteil.
»So ein Quatsch!« war alles, was Carina zu ihrer Verteidigung einfiel. Es war leider nicht viel.
Niemand in einer Klasse war unbeliebter als ein Streber. Wer dick und unsportlich war oder eine Petze oder geizig,

war auch unbeliebt. Aber »streben« war noch viel schlimmer. Na, Carina wußte ja ganz genau, daß sie kein Streber war. Streber waren Schüler, die Tag und Nacht büffelten, weil sie unbedingt in allen Fächern Klassenbeste sein wollten. Sie trugen dicke Brillen und hatten sehr blasse Haut, weil sie vor lauter Lernen nie an die frische Luft kamen. Sie machten höchstens mal das Fenster auf, und auch das eher ungern, denn die Vogelstimmen lenkten vom Pauken ab.
Aber Carina? Ihre Mutter behauptete immer, Carina sei stinkfaul. Was sie sich nicht auf Anhieb merken konnte und was sie nicht auf Anhieb verstand, das war ihr auch nicht wichtig. Sie saß nur selten an ihrem Schreibtisch und trug noch nicht mal eine Brille. Also war es völlig klar, daß sie kein Streber war.
Was nützte das? Sabrina hatte sich schon lang wieder umgedreht, die meisten waren aufgestanden und drängten zum Ausgang, und das böse Wort hing schwer in der Luft wie ein schlecht aufgeblasener Luftballon.
»Blöde Kuh«, brummte Carina, aber selbstsicher klang es nicht.
Sie schrieb das Wort »Streber« mit einem schwarzen Filzstift, den sie Papa geklaut hatte, in Blockbuchstaben in ihr Tagebuch und machte dahinter fünf Fragezeichen und ein Ausrufezeichen.
Den Kringel um das Datum machte sie viele Wochen später, als sie wußte, wie ernst die Sache war.

Nein, anfangs war alles gar nicht so schlimm.
Drei Tage später kam nämlich Sabrina freundlich lächelnd auf Carina zu.
»Kannst du heute nachmittag kommen und mit mir Fran-

zösisch pauken?« fragte sie. »Wir schreiben doch am Freitag die Arbeit, und ich hab die Verbformen immer noch nicht drauf.«

»Klar«, sagte Carina. Sie war heilfroh. Jetzt konnte sie beweisen, daß sie keineswegs ein Streber war. Streber halfen anderen Schülern niemals beim Lernen. Sie behielten ihr ganzes Wissen für sich und paßten auf, daß außer ihnen niemand gute Noten schrieb.

»Kommst du zu mir?« fragte Sabrina noch mal.

»Gut.«

»Halb drei?«

»Okay.«

Sabrina wohnte am anderen Ende der Stadt, da, wo sie in den letzten Jahren angefangen hatten, die schönen Kirschbaumwiesen mit Neubauten vollzupflastern. So ein alter Kirschbaum hatte nur dann eine Überlebenschance, wenn er zufällig im Gartengrundstück eines geplanten Hauses stand. Die meisten wurden gnadenlos umgenietet.

Das Haus von Sabrinas Eltern war eines der größten im neuen Viertel, und seit Carina einmal den Keller hatte besichtigen dürfen, war sie der Überzeugung, daß diese Eltern mindestens Millionäre sein mußten. Die hatten da unten nämlich eine Sauna, einen Bastelraum und einen »Fitneßraum«, wie Sabrina ihn nannte. Im Fitneßraum standen verschiedene Sportgeräte, mit denen man sich an allen möglichen Körperteilen Muskeln antrainieren konnte. Dank dieser Sportgeräte im Keller war Sabrina ziemlich stark. Bis vor kurzem hatte sie bei Prügeleien sämtliche Jungs auf den Rücken gelegt.

Wahrscheinlich würde sie heute noch gewinnen, aber jetzt prügelte sie sich ja nicht mehr mit Jungs. Jetzt kicherte sie nur noch über alles, was die sagten, und fand sie ganz toll.

»Geh nur rauf«, sagte Sabrinas Mutter, als Carina in der Tür stand. »Du weißt ja, wo ihr Zimmer ist.«

Ja, das wußte Carina, und wenn sie es nicht gewußt hätte, dann hätte sie einfach nur der Musik nachzugehen brauchen. Da, wo die laute Musik war, da war auch Sabrina, darauf konnte man sich in diesem Haus verlassen. Sabrina hatte keinen großen Bruder, sie hatte überhaupt keine Geschwister.

Carina klopfte an die Tür, aber sie rechnete nicht damit, daß Sabrina in dem Spektakel irgend etwas hören konnte. Also wartete sie nur eine halbe Sekunde und machte dann einfach die Tür auf.

Und hielt den Atem an.

Als Carina Sabrina das letzte Mal besucht hatte, war es ein Kinderzimmer gewesen. Eines von der schlimmsten Sorte sogar: Barbiepuppen und -zubehör in jeder Ecke, knallbunte Kuscheltiere, Mickymaus-Poster über dem Bett, und über allem schwebte ein süßlich-rosafarbener Geruch, der von den Vorhängen und dem Teppich herrührte. Davon war nichts mehr zu sehen.

Das heißt, das Bett war noch da, und malerisch darauf hingestreckt lag Sabrina und genoß Carinas Überraschung.

Aber die Bilder, die Puppen, die ganzen Spielsachen und die rosa Vorhänge waren verschwunden. An der Wand hing nun ein überdimensionales Foto von dem Sänger, dessen Musik gerade durch das Haus bis hinunter in den Fitneßraum pulste.

»Ist er nicht süß?« piepste Sabrina, die Carinas Blick gefolgt war.

»Hm«, machte Carina nur. Süß waren junge Hunde und Katzen und zur Not auch noch kleine Kinder. Aber das hier?
Ein großer Spiegel, der war auch neu. Eine kleine Stereoanlage. Ein eigener Fernseher. Die Kinderbücher waren alle verschwunden, auf dem Schreibtisch lagen Mädchenzeitschriften und neben Sabrinas Bett – Carina traute ihren Augen kaum – ein dicker Modekatalog.
Na, glücklicherweise war sie ja nicht zum Spielen gekommen, sondern wegen der Französischarbeit. Da mußte Sabrina die Musik sowieso abstellen.
»Die Anlage habe ich von meinem Onkel gekriegt«, sagte sie, während sie die CD in die Hülle steckte. »Schau mal, auf dem Heft ist auch ein Bild von ihm drauf.« Jetzt sprach sie wieder von ihrem Sänger, nicht vom Onkel. »Er ist einfach zum Knutschen!«
Und da war es wieder, dieses merkwürdige Gefühl in Carinas Bauch, als blase sich in ihr drin etwas auf. Seit dem ersten Schultag wurde es immer größer. Die waren alle nicht mehr normal. Plötzlich führten sie sich allesamt total albern auf. Zum Knutschen, so was Blödes! Natürlich empfand Carina abgrundtiefe Verachtung, trotzdem war da auch noch diese Blase im Bauch, die ihr die Luft abschnürte.
Aber nein, sie brauchte überhaupt keine Angst zu haben. Trotz ihres »süßen« Sängers, ihres Modekataloges und des großen Spiegels brauchte Sabrina Carinas Hilfe, damit sie in Französisch über die Runden kam. Da konnte Carina gar nichts passieren. Sabrina mußte ihr dankbar sein, und ihre Mutter brachte in einer Pause Tee und Plätzchen und sagte: »Es ist wirklich lieb, daß du Sabrina ein bißchen hilfst!«

Sabrina schnitt in der Französischarbeit ziemlich gut ab. Aber das nützte Carina nichts. Sie schnitt nämlich besser ab als Sabrina.
»Streber!« sagte Sabrina mit tödlicher Verachtung. In der großen Pause standen Anja und Carina wieder alleine da. Anja war böse auf Carina.
»Ich kann doch nichts dafür«, sagte die. Das mußte Anja doch eigentlich wissen, die kannte Carina nun schon so lang.
»Du kannst wohl was dafür«, sagte Anja und schob die Unterlippe vor. Das tat sie immer, wenn sie sich ihrer Sache ganz sicher war, aber auch nichts näher erklären wollte. »Jedenfalls müssen wir mehr mitmachen.«
»Wie denn?« Carina verstand überhaupt nichts.
»Wir stellen uns einfach mal dazu.« Anja deutete mit dem Kinn auf die Gruppe, die sich gerade wieder um Florian drängelte.
»Ich bin aber nicht in Florian verliebt«, sagte Carina bokkig.
»Meinst du, ich?« Anja tippte sich an die Stirn.
»Und ich hab keine Lust, immer zu kichern, wenn er was sagt.«
»Brauchst du doch nicht.« Anja ärgerte sich über Carina.
»Darum geht es doch nicht.«
»Morgen vielleicht«, sagte Carina.

Am Tag darauf sagte Anja gar nichts mehr zu Carina. Sie ging in der großen Pause zu den anderen. Carina war nicht begeistert, aber sie zottelte hinterher.
Es war gar nicht so einfach, sich dazuzustellen, weil die anderen einen Kreis bildeten und Carina und Anja irgendwie ständig einen Rücken vor sich hatten. Es mußte

so etwas wie ein »Sesam-öffne-dich« für diese Festung geben. Carina wollte gleich verärgert aufgeben. Aber Anja tippte Lisa auf die Schulter, und als diese sich mit ungnädiger Miene umdrehte, flötete sie: »Hast du einen neuen Pulli?«
Lisa nickte, und Überraschung malte sich in ihrem Gesicht.
»Super ist der«, sagte Anja, als würde sie sich mit so was auskennen. »Echt geil.«
Es war schon ein ganz schöner Pulli, den Lisa da anhatte, sofern sich jemand für Pullis interessierte. Das merkwürdige war, daß diese Formel funktionierte. Es entstand eine Lücke, und Carina und Anja konnten sich in den Kreis schieben.
Jetzt waren sie also dabei.
Waren sie?
Diesmal fing es in Carinas Füßen an, so als schwämmen in ihrem Blut plötzlich dicke Luftblasen. Sie stiegen krabbelnd die Beine hinauf, perlten durch alle Organe, drangen in die Arme vor bis in die Fingerspitzen und erreichten schließlich auch ihren Kopf, so daß sie nur in Bruchstükken denken konnte.
Das war alles ein Schwindel. Carina war überhaupt nicht aufgefallen, daß Lisa einen neuen Pulli trug. Es war ihr auch ganz egal, und sie selbst hatte schon gar keinen neuen Pulli an, sondern ein abgewetztes Teil, das sie von Björn geerbt hatte und das sie ganz besonders liebte, weil es ihr viel zu groß war und einen Reißverschlußkragen hatte.
Und wieso war Anja Lisas neuer Pulli aufgefallen?
Während Carina ihr eigenes Blut pochen hörte, lästerte man im Kreis über die Lehrer. Es war ein unerschöpfliches Thema, das immer neue Lachsalven auslöste.

Konrad konnte manche Lehrer so treffend nachahmen, daß die anderen sich vor Lachen fast am Boden wälzten. Florian schaute schon ganz beunruhigt drein.
»Und dann erst der Pinguin!« warf er schließlich ein. Der Spitzname für Frau Seibold war immerhin seine Idee gewesen, und das sollte alle daran erinnern, daß er, Florian, hier die Witze machte. Er winkelte die Arme an und tat, als ob er hilflos mit den Flügeln schlage. »Quiep, quiep!« machte er dazu. Alles lachte, nur Carina nicht.
»Haha«, sagte sie verächtlich.
Florian ließ die Arme sinken und sah Carina herausfordernd an.
»Entschuldige vielmals, Carina, daß ich mich über deinen heißgeliebten Pinguin lustig mache.«
Carina hatte einmal in den Bergen vor Begeisterung über die braunen Alpenkühe an einen elektrischen Weidezaun gefaßt. Das hatte sich ganz ähnlich angefühlt.
»Aber nicht weinen«, machte Florian weiter. »Sicherlich weiß sie, daß du nicht ein so böses Kind bist wie wir, und in der nächsten Arbeit gibt sie dir auch wieder eine Eins.«
»So was Bescheuertes«, sagte Carina leise, drehte sich um und ging weg.
Anja folgte ihr zögernd.
»Du verstehst keinen Spaß!« warf sie Carina vor.
»Nein«, sagte Carina. »Findest du das denn lustig?«
Anja hob die Schultern. »Nicht besonders«, gestand sie dann doch und lachte. »Komm, wir schauen nach, ob der Brunnen schon zugefroren ist.«

Es stimmte gar nicht, daß Carina immer gute Noten hatte. Im Sport war sie beispielsweise überhaupt nicht gut. Jedenfalls nicht im Geräteturnen, davor hatte sie nämlich

Angst. Weil sie solche Angst hatte, fiel sie immer wieder hin und tat sich weh. Und weil sie sich immer wieder weh tat, hatte sie auch immer mehr Angst. Sabrina mit ihren Muskeln aus dem Fitneßraum hatte da weit bessere Karten. Überhaupt konnten die meisten Mädchen Carina in Sport einiges vormachen.
Außer Nicole, die war dick.
Wenn die anderen ihr die guten Noten schon übelnahmen, dann mußten die schlechten Sportnoten sie doch ein bißchen versöhnen, dachte Carina.
Aber diese Rechnung ging merkwürdigerweise auch nicht auf.
Im Gegenteil: Auf ihre Art waren schlechte Sportnoten wohl genauso schlimm wie gute Noten in anderen Fächern.
Carina war das völlig rätselhaft, aber es mußte einen Grund geben, denn alle waren sich einig.
Bis auf Anja, natürlich, und Nicole, aber die konnte nichts sagen.
Geräteturnen war also eine Quälerei, aber manchmal machten sie im Sportunterricht ja auch Ballspiele, und da konnte sich Carina nicht so blamieren. Sie spielte nicht überragend, aber sie war schnell und zielte ganz gut.
Doch nun, wo sich plötzlich alle so merkwürdig einig über sie waren, begann sie diese Ballspiele plötzlich mehr zu fürchten als Stufenbarren und Reck.
Zu Beginn jener Sportstunden, in denen Ball gespielt wurde, suchte die Sportlehrerin zwei Mädchen aus, die dann abwechselnd ihre Mannschaften wählten. Klar, zuerst nahmen sie natürlich die schnellsten und die, die am meisten Kraft in den Armen hatten. Zu denen gehörte Carina nicht, sie gehörte bestenfalls ins vordere Mittelfeld. Je-

denfalls gab es auch eine ganze Anzahl von Mädchen, die eindeutig schlechter spielten als sie.
Aber niemand wollte sie in seiner Mannschaft haben.
Da wählten sie lieber noch Nicole.
Es war ein Alptraum.
Einmal in der Woche stand sie nun da, schamrot, mit bleiernen Füßen, als letzte noch nicht Gewählte, und beobachtete, wie die anderen sich darum stritten, welche Mannschaft sie aufnehmen mußte. Es war schwer, nicht jedesmal zu heulen.
Anja wurde auch ziemlich spät gewählt, aber immer vor Carina.
Nicole war wahrscheinlich ganz froh, daß es sie nicht mehr traf. Aber wer dick war, der brauchte so etwas mindestens nicht persönlich zu nehmen, fand Carina.
Sie war nicht dick.
Eine der Mannschaften mußte sie schließlich aufnehmen.
Jetzt spielte Carina wirklich schlecht. Sie fing keinen Ball mehr, traf mit keinem Wurf und war schon völlig naßgeschwitzt, bevor das Spiel richtig angefangen hatte.
Die Mannschaftskameradinnen ächzten. »So eine lahme Ente«, sagten sie. »Guckt euch die an!«
Carina hoffte, sie würde sich bald den Fuß brechen oder den Arm, irgendwas, was möglichst lange dauerte und dann möglichst so schief wieder zusammenwuchs, daß sie auf Lebenszeit vom Sportunterricht befreit würde.

»Ich glaube, es liegt an uns«, sagte Anja. »Wir müssen einfach so sein wie die anderen. Wenn wir nur mitmachen, dann ist es in Ordnung.«
»Quatsch, die können mich eben nicht leiden«, knurrte Carina.

»Vielleicht denken sie, wir wollen nichts mit ihnen zu tun haben, weil wir immer nur zu zweit rumziehen.«
»Quatsch«, sagte Carina noch mal. »Die können doch zu uns kommen.«
Aber wollte sie denn etwas mit den anderen zu tun haben?
Mitmachen wollte sie jedenfalls nicht.
Dabei gehörte sie doch dazu! Schließlich hatten Carina immer alle gemocht, sogar ganz besonders gemocht. Im Kindergarten hatte sie den anderen Kindern Geschichten vorgelesen, wenn die Tanten gerade keine Lust dazu hatten. Sie konnte im Kindergarten schon lesen, deswegen war die Anfangszeit in der Grundschule auch so langweilig.
Carina war für die ganze Klasse verantwortlich gewesen. Sie kümmerte sich um neue Schüler und um Jasmin, als die eine Zeitlang ins Krankenhaus mußte und nachher im Unterricht fast nicht mehr mitkam.
Als der Vater der Klassenlehrerin starb, sammelte sie Geld und kaufte ihr einen Blumenstrauß und eine Beileidskarte, auf der sie alle unterschreiben ließ.
Die Lehrer hatten sie sehr gemocht, aber die Klasse damals auch. Manche waren ganz stolz gewesen, wenn sie neben ihr sitzen durften.
Warum war denn bloß alles plötzlich so vollkommen anders? Sie war doch noch dieselbe, die sie immer gewesen war! Entweder sie war nett, oder sie war nicht nett, und wenn sie früher nett gewesen war, dann war sie es noch immer, und deswegen mußten sich alle irren.
Aber es waren so viele. Unwahrscheinlich, daß sich so viele auf einmal irren konnten.
»Wenn die mich nicht mögen, dann sollen sie es bleiben

lassen«, schrieb Carina in ihr Tagebuch, und dann lag sie eine Weile da – denn sie schrieb immer in Bauchlage – und starrte auf den Satz. Sie fand ihn selbst nicht sehr überzeugend.
Vielleicht hatte Anja ja doch recht. Vielleicht bildete sie sich das alles nur ein, und wenn sie so tat, als gehöre sie dazu, dann gehörte sie wirklich dazu.
»Wenn sich die anderen irgendwo treffen, dann gehen wir auch hin«, bestimmte Anja. »Auch wenn sie uns nicht extra fragen, ob wir kommen wollen.«
Sie machten einen Plan.
Die Clique um Florian hatte seit einiger Zeit einen Treffpunkt, das wußten sie: den Abenteuerspielplatz. Immerhin, ein Spielplatz, dachte Carina, vielleicht waren sie doch noch halbwegs normal. Zwei- oder dreimal in der Woche verabredeten sie sich morgens in der Schule so lautstark, daß Carina und Anja es hören konnten. Aber keiner hatte jemals gefragt, ob auch sie kommen wollten.
»Logisch«, sagte Anja. »Es ist ganz klar, daß wir auch kommen können. Wir gehören doch auch dazu. Das brauchen sie nicht extra zu sagen.«
»Die wollen uns nicht dabeihaben«, sagte Carina.
»Quatsch.« Anja ärgerte sich schon wieder. »Du stellst dich vielleicht an.«
Und weil sie vielleicht recht hatte und Carina sich nicht anstellen wollte, beschlossen sie jetzt, ebenfalls zum Abenteuerspielplatz zu gehen, obwohl sie niemand ausdrücklich eingeladen hatte.
Es war sehr aufregend.
Carina holte Anja ab. Es lag Schnee, eine Seltenheit in dieser Stadt. Nicht viel, sondern gerade nur so hoch, daß Rasen und Plätze ganz weiß waren. Es war überhaupt ein

weißer Tag: Der Himmel war weiß, der Atem war weiß, die Dächer und auch der Park, an dessen Ostende der Abenteuerspielplatz lag.
Auch Carinas Erinnerung an diesen Tag war später weiß. Sie schrieb keine Zeile darüber in ihr Tagebuch.
Auf drei Uhr hatten sich die anderen verabredet. Carina und Anja wollten um halb vier nachkommen. Das gehörte zum Plan. Sie durften auf keinen Fall die ersten sein.
Carina und Anja sahen die anderen von weitem. Sie standen dicht zusammengedrängt, die Hände in den Jackentaschen, Mützen ins Gesicht gezogen. So dicht standen sie, daß sie wie ein einziges großes Tier aussahen. Und wie ein einziges Tier wandten sie sich in die Richtung, aus der Carina und Anja kamen. Einer hatte sie wohl erspäht. Der Plan sah vor, daß sie nun hinüberschlendern und sich von diesem Tier schlucken lassen würden. Ganz selbstverständlich, ohne weiteren Kommentar. Darauf warteten die anderen, sagte Anja. Das war genau das, was sie von Carina und Anja wollten.
Aber es kam nicht soweit.
Sie konnten noch keine Gesichter erkennen, da flogen die ersten Schneebälle.
Schneeballschlachten waren nichts Schlimmes. Man bewarf alle möglichen Leute mit Schneebällen, egal, ob man sie mochte oder nicht. Vielleicht sogar noch eher diejenigen, die man mochte und von denen man wußte, daß sie Spaß verstanden.
Carina und Anja blieben überrascht stehen, als die ersten Schneeklumpen an ihren Jacken zerplatzten.
Nein, das war keine Aufforderung zum Spiel.
Das war ein Tier, das da langsam auf sie zukroch, ein drohendes Tier mit zwanzig Armen, die sie bombardier-

ten. Ein dunkles, schweigendes Tier ohne Gesicht, das sie angriff, um sie zu vertreiben.
Es wollte ihnen weh tun.
Carina und Anja kamen nicht nahe genug an das Tier heran, um auch nur ein einziges Wort zu sagen.
Später wußte Carina nicht, warum sie darüber in ihrem Tagebuch nichts aufgeschrieben hatte. Eigentlich schrieb sie doch gerade wegen solcher Ereignisse Tagebuch: Ereignisse, von denen man niemandem erzählen konnte, die man aber irgendwie loswerden mußte. Vielleicht schrieb Carina deswegen nichts, weil sie nicht erklären konnte, was genau an diesen Schneebällen so schlimm war. Es waren doch nur Schneebälle, ziemlich weiche sogar, die gleich zerplatzten und niemanden verletzen konnten.
Carina und Anja flohen. Tränen liefen über ihre Gesichter, als sie halb rutschend und stolpernd zum Parkeingang zurückliefen.
Auf dem Heimweg waren Carina und Anja jedenfalls ganz still. Sie gingen jede zu sich nach Hause und sprachen nie über diesen Vorfall, nicht mal miteinander.
»Na, wart ihr ein bißchen draußen?« fragte Mama, als Carina die Handschuhe abstreifte und die Mütze vom Kopf zog. »Klopf erst mal die Jacke gut aus, da ist so viel Schnee dran.«
Sie bügelte.
Fast hätte Carina ihr alles erzählt.
Aber sie erzählte nichts. Mama nicht und Papa nicht und Björn schon gar nicht.
Sie traute sich nicht. Sie hatte ein schlechtes Gewissen.
Die anderen hatten ihr ein dickes »Ungenügend« verpaßt.

Es war schwer, am nächsten Tag wieder in die Schule zu gehen. Carina gab sich die größte Mühe, noch schnell krank zu werden, aber das klappte – wie üblich – nicht.
»Blaß siehst du aus«, sagte Mama immerhin beim Frühstück.
Das reichte leider nicht, um zu Hause bleiben zu dürfen.
Anja war auch komisch. Sie schaute an Carina vorbei und reagierte kaum, wenn sie sie ansprach.
Carina konnte verstehen, daß auch Anja über das, was da passiert war, erst nachdenken mußte, aber es war blöd, daß sie beide getrennt drüber nachdachten.
Sie konnten sich nicht mal über die Schlumpfbotschafter verständigen, denn Anja brachte ihren schon eine ganze Weile nicht mehr mit in die Schule.

Der Schnee taute so schnell wieder weg, als sei er speziell für diesen Anlaß gefallen.

»Dein Schnürsenkel ist offen«, sagte Anja.
»Na und?« Carina zuckte die Achseln.
»Und deine Strümpfe rutschen.«
»Tun sie eben.« Carina lachte. »Ich hab eben Rutsch-Waden.«
»Es ist peinlich«, sagte Anja.
Carina antwortete nicht darauf. Sie nahm ihren Schlumpf aus dem Federmäppchen und fragte ihn: »Findest du es schlimm, wenn mir die Strümpfe runterrutschen?«
»Gar nicht«, quiekte sie dann für den Schlumpf. »Runtergerutschte Strümpfe sind hochmodern. Und offene Schnürsenkel erst recht.«
Anja lachte nicht. Sie war schon die ganze Zeit so komisch, seit dem Tag mit den Schneebällen.

Sie hatte an diesem Nachmittag auch keine Zeit, sich mit Carina zu treffen.
»Ich hab meiner Mutter versprochen, ihr beim Backen zu helfen«, erklärte sie.
»Schade«, murmelte Carina. »Ich hab gedacht, wir könnten eine Karte vom Wurzelwald malen. Dann können wir einen Schatz vergraben, wenn es wieder warm wird.«
»Heute nicht«, sagte Anja und radelte davon.
Am nächsten Tag verhielt sie sich immer noch merkwürdig.
»Ich muß mit dir reden«, sagte sie dramatisch zu Beginn der großen Pause.
»Machen wir einen Plan?« Carina wurde ganz neugierig.
»Nein.« Anja wickelte ihr Pausenbrot aus, betrachtete es mißtrauisch und wickelte es wieder ein. »Einfach so.«
»Was ist denn?« Carina biß in ihren Apfel.
»Wir können keine Freundinnen mehr sein«, erklärte Anja.
Carina blieb ein Apfelstück im Hals stecken.
»Was?« krächzte sie.
»Du bist so kindisch«, sagte Anja. »Du mit deinen Schlümpfen. Und wie du rumläufst. So läuft man nicht mehr rum. Du bist wie ein kleines Kind.«
Jetzt konnte Carina überhaupt nichts mehr sagen.
»Du mußt dich mehr anpassen und erwachsen werden, oder wir können keine Freundinnen mehr sein.«
Es war Anjas Ernst. Sie wartete nicht auf eine Antwort, sondern wickelte ihr Pausenbrot wieder aus, biß hinein und ging quer über den Schulhof hinüber zu der Ecke, in der die Florian-Clique stand.
Als sie herangekommen war, öffnete sich der Kreis wie auf ein Zauberwort und verschlang sie schweigend.

Rote Felsen

In der Zeit danach war Carinas Leben ein verschlungener Knoten, in dem sie weder den Anfang noch das Ende finden konnte. Irgendwie kam jetzt der Abend vor dem Morgen, die Butter nach der Marmelade, und die Füße ragten noch über ihren Kopf hinaus.
Anja konnte sich nicht an einen anderen Platz setzen, denn es war keiner frei, außer neben Richie, und der hatte so viele Pickel, das war wahrscheinlich noch schlimmer als Carinas runtergerutschte Strümpfe, und außerdem war er auch noch ein Junge.
Es war schwer zu ertragen, neben Anja zu sitzen und sie nicht in die Rippen knuffen oder ihr irgendwelche Bemerkungen ins Ohr flüstern zu können. Sie packte ihre Bücher und Hefte an die Außenkante ihrer Tischseite und stützte sich so auf ihren Arm, daß Carina nur auf ihren makellosen Scheitel sehen konnte. Carina wagte es nicht einmal, sich einen Radiergummi bei ihr auszuleihen, und probierte, mit Spucke und der Fingerspitze zu radieren. Es schmierte aber bloß.
Carina fing sich ein paar schlechte mündliche Noten ein, denn sie war nicht bei der Sache. Was »die Sache« war, das bestimmte alle fünfundvierzig Minuten ein anderer

Lehrer, und da kam man einfach nicht mit, wenn man solche Sorgen hatte wie Carina. Wenn ein Lehrer eine Vier oder gar Fünf eintrug, sah sich Carina danach um, ob nicht in den Gesichtern ein wenig Sympathie aufkeimte. Sie war eine von ihnen, sie kriegte nicht nur gute Noten! Aber wenn da überhaupt eine Regung war, dann höchstens eisige Schadenfreude. So billig ließen sie sich nicht kaufen. Anja glänzte auch nicht gerade mit schlechten Noten. Und die war jetzt in der großen Pause immer mittendrin und beachtete Carina überhaupt nicht.

»Gehst du gar nicht mehr zu Anja?« fragte Mama nach einigen Tagen.

»Nein«, murmelte Carina. »Wir sind keine Freundinnen mehr.«

»Weiber«, Björn löffelte sich ungerührt Kartoffelpüree auf seinen Teller. »Streiten dauernd. Wie auf dem Hühnerhof.«

Auch Mama lächelte nur nachsichtig.

»Aber Anja will wirklich nicht mehr meine Freundin sein!« erzählte Carina beim Geschirrabtrocknen mit stokkender Stimme. »Überhaupt gar nie mehr!«

»Worüber habt ihr euch denn gestritten?« wollte Mama wissen.

»Überhaupt nicht!« Carina wischte mit dem Geschirrtuch eine Träne ab.

Mama schaute so ungläubig, daß Carina einen Moment lang wieder Hoffnung schöpfte. Wenn man sich nicht gestritten hatte, dann mußte man noch befreundet sein. Das war doch eigentlich ganz einfach.

Sie versuchte, Mama alles zu erklären. Aber das war ziemlich schwierig. Zum einen schämte sie sich, zum anderen wußte sie gar nicht, warum sie sich eigentlich schä-

men sollte. Irgendeine Schuld mußte sie jedenfalls auf sich geladen haben, das meinte auch Mama.
»Du darfst dich nicht immer absondern«, sagte sie. »Arrogante Leute kann niemand leiden.«
»Bin ich denn arrogant?« fragte Carina schniefend.
Mama hob die Schultern. »Ich weiß ja nicht, wie du dich in der Schule den anderen Kindern gegenüber benimmst«, sagte sie. »Vielleicht bildest du dir zuviel auf deine guten Noten ein.«
»Aber ich kann doch gar nichts für meine guten Noten!« jammerte Carina. »Soll ich denn absichtlich schlechte Noten schreiben, damit die anderen mich wieder mögen?«
»Unsinn!« sagte Mama ärgerlich und nahm Carina das Geschirrtuch weg. »Das erwartet niemand. Du sollst bloß nicht denken, du bist etwas Besseres!«
Nein, absichtlich schlechte Arbeiten schreiben, das ging zu weit. Aber sie konnte sich noch weniger Mühe geben als früher. Sie konnte zum Beispiel aufhören, sich im Unterricht zu melden, wenn sie die Antwort wußte. Bestimmt konnten die anderen es nicht leiden, wenn sie immer so deutlich zeigte, daß sie etwas wußte. Außerdem war es auch nicht gut, sich nach der Stunde noch mit den Lehrern zu unterhalten. Der Lehrer war der natürliche Feind der Schüler, so wie der Fuchs der natürliche Feind der Gänse war. Man mußte ihn meiden. Es war ein bißchen schade, denn Carina mochte Herrn Weidinger, den Klassenlehrer, sehr gerne. Ganz zu schweigen von Frau Seibold, dem Pinguin, die war schon fast eine Freundin.
»Na, Carina, schreibst du keine Gedichte mehr?« fragte Herr Weidinger.
Carina wurde rot. In der fünften und sechsten Klasse hatte sie manchmal kleine Gedichte geschrieben, die sich mei-

stens sogar reimten, und die anderen hatten sie immer lustig gefunden. Meistens waren es Gedichte, in denen sich Carina über die Lehrer lustig machte. Herr Weidinger hatte nichts dagegen, wenn man über seine Kollegen dichtete. Er war ein sehr netter Mann. »Lies vor«, hatten die anderen immer gerufen. »Hast du nichts Neues?« Vielleicht freuten sie sich nur, daß ein bißchen Zeit herumging, in der nicht unterrichtet wurde. Es war jedenfalls klar, daß diese Vorführungen inzwischen dick in Carinas Sündenregister standen.

»Nein«, log sie also.

»Schade«, sagte Herr Weidinger fröhlich. »Sag dann Bescheid, wenn du wieder was hast.« Er grinste. »Es darf auch über mich sein.«

Es war aber ganz unmöglich, Herrn Weidinger daran zu hindern, Carinas Aufsätze vorzulesen.

Na ja, ehrlich gesagt war sich Carina auch gar nicht so ganz sicher, ob sie ihn daran hindern wollte. Aufsätze waren etwas anderes als Klassenarbeiten in anderen Fächern. Es war gar nicht gesagt, daß Streber gute Aufsätze schrieben, denn sie konnten sich nicht so fleißig darauf vorbereiten. Es gab da nichts zu pauken. Wenn jemand im Aufsatz eine gute Note bekam, dann konnte ihm das eigentlich niemand vorwerfen. Jetzt, wo Carina kaum noch mit jemandem redete, konnte sie in ihren Aufsätzen ein bißchen von sich erzählen. Sie hoffte heimlich, daß die anderen das, was sie da über sie erfuhren, sympathisch finden würden. Sie beobachtete die Gesichter, während Herr Weidinger den Aufsatz vorlas. Aber niemand lächelte. Wahrscheinlich dachten die anderen wirklich, daß Carina sich für etwas Besseres hielt, weil sie so gute Aufsätze schrieb.

»Wenn die keine Eins kriegt, heult sie«, sagte Anja, so daß es alle hörten.
Carina wurde rot. »Quatsch«, murmelte sie.

Laura zog mit ihren Eltern in eine andere Stadt. An ihrem letzten Schultag bekam sie lauter kleine Abschiedsgeschenke von den anderen. Alle nahmen sie in den Arm, und von Florian kriegte sie sogar ein Küßchen auf die Wange. Sie wurde rot wie eine Tomate.
»Vergiß uns nicht!« rief Sabrina. »Komm uns besuchen!«
»Klar!« Laura schniefte.
»Es ist wirklich ungerecht«, seufzte Lisa. »Die netten Leute ziehen immer weg.«
Carina saß auf einem Tisch und beobachtete die Szene von weitem. Ja, Laura war schon nett. Es war wirklich schade, daß sie wegzog. Sie und Carina waren schon in der Grundschule in derselben Klasse gewesen. Laura hatte einen kleinen Bruder, den sie manchmal im Kinderwagen spazierenfahren mußte. Carina hatte sie ein paarmal dabei begleitet. Jetzt war der Bruder schon größer und konnte längst selber laufen.
Auch Laura war größer und in Florian verliebt. Es war ein Jammer, aber sie konnte wahrscheinlich nichts dafür. Und wer in Florian verliebt war, der durfte Carina nicht leiden können, so viel hatte sie inzwischen verstanden. Trotzdem rutschte sie vom Tisch und ging nach vorne.
»Tschüs, Laura!« sagte sie und hielt Laura die Hand hin.
»Tschüs«, murmelte Laura. Sie drückte Carinas Hand und ließ sie ganz schnell wieder los.
Sabrina legte einen Arm um Lauras Schulter und zog sie weg. »Und schreib mir gleich, wie es in der neuen Schule ist!« sagte sie. »Vor allem, wie die Jungs sind.«

Carina sah sich um und stellte fest, daß Florian die Szene scharf beobachtet hatte.

»Jetzt kannst du dich ja auch wegsetzen!« sagte Carina, als Anja am nächsten Morgen wortlos wie immer ihre Bücher auf den Tisch knallte.
Anja starrte sie an.
»Neben deine Busenfreundin Lisa«, sagte Carina böse. »Laura ist ja jetzt weg.«

Anja hob die Schultern, hängte sich ihre Tasche um und nahm ihre Bücher vom Tisch. Sie ging zu Lisa und sprach sie an. Die beiden redeten leise miteinander und schauten dabei zu Carina herüber. Die tat beschäftigt und breitete ihre Sachen auf dem ganzen Tisch aus. Den Stuhl rückte sie in die Mitte. In ihrem Kopf flirrte etwas. Das, was da drin flirrte, war ein Zwischending zwischen einem Ausrufezeichen und einem Fragezeichen. Anja setzte sich neben Lisa. Jetzt konnten die beiden ja gemeinsam über Florians Sprüche kichern. Carina konnten sie gestohlen bleiben.

An diesem Nachmittag suchte Carina im Keller nach einem leeren Pappkarton. Sie holte die Schlümpfe aus ihren Häuschen und Hütten, nahm sie von ihren Aussichtsplätzen im Regal herunter und feuerte sie in den Karton. Nur den Trompetenschlumpf behielt sie einen Moment lang in der Hand und versuchte, ihn »Nehmt Abschied, Brüder« spielen zu lassen. Er kriegte aber keinen Ton heraus, also legte sie ihn zu den anderen.
Dann nahm sie das »Tagebuch mit Anja« aus dem Regal und legte es obenauf. Sie verschnürte den Karton mit

doppeltem Knoten und verstaute ihn in der hintersten Ecke ihres Kleiderschranks.
»Na, endlich wirst du erwachsen!« spöttelte Björn. Aber um ihr zu zeigen, daß er diesen Schritt durchaus anerkennenswert fand, lieh er ihr ein paar von seinen Musikkassetten. Normalerweise bewachte er die wie eine Löwin ihre Jungen.
»Damit du mal was anderes hörst als die Beatles«, sagte er. »Dann kannst du auch mitreden.«
Carina legte eine Kassette in ihren Recorder und schaltete die Musik an.
»Du bist so kindisch!« hörte sie Anjas Stimme.
Ich hab die Schlümpfe weggepackt, Anja, dachte Carina. Ich bin nicht mehr kindisch. Schau mal, mein Bruder leiht mir schon seine Kassetten.
Ach was, das reichte nicht. Das war höchstens ein winzig kleiner Anfang wie die ersten drei Teile in einem Puzzlespiel mit tausend Teilen. Es lag noch ein ganzer Haufen Puzzleteile wirr herum, und Carina hatte noch nicht einmal eine genaue Vorstellung davon, wie das fertige Bild aussehen sollte.

Diese Tage, diese Wochen durfte es einfach nicht geben. Überall taten sie so, als werde es Weihnachten, mit Kerzen, Sternen und Tannenbäumen. Solche Wochen durfte es nicht geben, solche Weihnachten erst recht nicht. Solche großen Pausen durfte es nicht geben, in denen Carina wie im Schlaf einen Fuß vor den anderen setzte und den Geruch von nassem, totem Laub einatmete. Im ganzen Schulhof gab es keinen Platz, wo sie sich hätte hinsetzen und einfach lesen können. Solange Carina las, hörte alles um sie herum auf zu existieren. Da konnte nichts weh

tun. Lesend war es am einfachsten, diese Zeit zu überstehen. Die mußte ja irgendwann auch wieder aufhören. Sie mußte aufhören, weil es sie gar nicht geben durfte. Schließlich war sie immer noch Carina, und bis vor kurzem waren doch alle mit ihr einverstanden gewesen.
Und sie hatte sich doch überhaupt nicht verändert.
Allein tappte sie durch den Schulhof. Da gab es zwar einige Bänke, aber an denen trafen sich mit Vorliebe die »Florian-Cliquen« aller Klassenstufen. Einer allein kriegte da nie einen Platz. Einer allein konnte nur im Kreis herumgehen, um die Baumgruppe herum bis zu den Fahrradständern, dann an der Turnhalle entlang zurück. Von der Ecke aus sah sie auf die Kirchturmuhr, und wenn die Zeit gar nicht vorbeigehen wollte, dann zog sie eben noch so eine langweilige Runde.
Einmal flüchtete sie sich zu Björn, aber dem war die Gesellschaft seiner kleinen Schwester in der Öffentlichkeit so deutlich unangenehm, daß sich Carina diese Möglichkeit schließlich für den äußersten Notfall reservierte.
Dienstags hatte Frau Seibold Hofaufsicht. Carina wußte, Frau Seibold würde sich gerne mit ihr unterhalten, wenn sie zu ihr ging. Aber beim bloßen Gedanken an diese Möglichkeit fühlte sie, wie sich fünfundzwanzig Augenpaare in ihren Rücken bohrten. Nein, der Preis dafür war zu hoch. Das konnte sie sich in ihrer Situation nicht leisten, sich in der großen Pause mit Lehrern zusammenzutun. Das gehörte ebenfalls zu dem Teil des Puzzlespiels, den sie inzwischen zusammengesetzt hatte.
Eine ganze Weile schon schrieb Carina keine Zeile mehr in ihr Tagebuch. Es war ein gutes Gefühl, selbst dazu beitragen zu können, daß von dieser Zeit gar nichts, kein einziges Wort übrigblieb. Carina schrieb keine Wörter

mehr, aber dafür verschlang sie Wörter. Jetzt las sie am allerliebsten Indianerbücher, eines nach dem anderen und je dicker, desto besser. Björn besaß glücklicherweise eine ganze Menge davon, weil man Jungs so etwas schenkte. Carina vergaß öfters mal ihre Mathehefte und den Atlas und manchmal sogar das Federmäppchen zu Hause, aber eines vergaß sie nie: das Indianerbuch, das sie gerade las. Sobald es zu einer kleinen Pause klingelte, packte sie das Buch aus, legte es auf ihren Tisch und tauchte kopfüber hinein. Sofort verklangen die Stimmen und Geräusche des Klassenzimmers in der Ferne, und statt dessen hörte Carina nun das Donnern ungezählter Bisonhufe und den klagenden Ruf des Adlers. Ihr drang der Geruch von über dem Feuer gebratenem Fisch in die Nase, und sie mußte sich den feinen Präriestaub aus den Augen wischen. Alles, was im Buch geschah, beobachtete sie von einem roten Felsen aus. Manchmal lag direkt unter ihr ein Indianerdorf, aber manchmal war auch keine Menschenseele zu sehen. Dann zupfte nur ihr scheckiges Pferd in ihrer Nähe an den zähen Gräsern, und vielleicht schlängelten sich in der Ferne dünne Rauchsäulen in den Himmel.

»Kannst du alle haben«, hatte Björn gesagt und ihr einen Stapel seiner alten Bücher aufs Bett geschmissen. Für den Fall, daß Mädchen zu Besuch kamen, war es besser, er hatte keine kindischen Bücher mehr im Regal stehen.

»Was liest du denn da?« fragte jemand.

Völlig überrascht sah Carina von ihrem Buch auf. Der Jemand war Nelle. Statt zu antworten, hielt Carina ihr wortlos den Buchrücken hin.

»Ist es gut?«

Carina nickte und las wieder weiter. Nelle stand noch einen Moment lang unschlüssig vor ihrer Bank, drehte sich dann um und ging zu den anderen. Es gab Getuschel, Gekicher.

»Indianerkitsch«, sagte Sabrina so laut, daß Carina sie bis zu ihrem Felsen hinauf hören konnte und den Kopf hob.

»Besser als eure Idiotenheftchen!« schnappte sie.

Die anderen Mädchen lasen in den Pausen oder auch während der Stunde jetzt nämlich Zeitschriften mit bunten Starfotos und Fotoromanen drin. In der Pause taten sie das mindestens zu dritt oder viert und unter viel Gekicher. Und dieses Gekicher steigerte sich zum vielstimmigen Gegacker, wenn die Seiten mit den nackten Jungs aufgeschlagen wurden. Nackte Mädchen waren meistens auch dabei, aber das war nicht so aufregend.

»Eingebildete Ziege!« sagte Sabrina. Und zu den anderen: »Die und Indianer! Dabei bräuchte sie eine Leiter, um aufs Pferd zu steigen.«

»Eher noch einen Kran«, kicherte Lisa. »Die kommt ja nicht mal auf den Stufenbarren rauf.«

Lisa war ein As im Sport. Am Stufenbarren konnte sie jede Menge Schwünge und Überschläge vorführen. Sie war praktisch aus Gummi. Und reiten konnte sie auch. Carina hatte Fotos von ihr gesehen, wie sie mit einem runden schwarzen Hut auf dem Kopf auf einem schlanken weißen Pferd saß. Es war ein ziemlich großes Pferd, viel höher als ein Indianerpony.

»Die hat doch Angst vor Pferden«, sagte Sandra verächtlich.

Von ihrem roten Felsen aus sah Carina hinunter auf die beiden Mädchen. Die waren ganz klein von da oben und warfen in der senkrecht stehenden Sonne Schatten, die wie abgestreifte schwarze Röcke um ihre Füße lagen. Carina lächelte ein bißchen vor sich hin und konzentrierte sich wieder auf die Abenteuer des Häuptlingssohns Rabenfeder.

Der letzte Schultag vor den Weihnachtsferien kam. In der ersten Stunde fand in der nahe gelegenen Kirche ein Schülergottesdienst statt. Drei dicke Kerzen flackerten, denn der dritte Advent war vorbei. In der Kirche war es viel bunter als sonst, weil so viele Kinder da waren und nicht nur alte Leute in grauen Mänteln.
Carina hoffte auf ein Wunder, aber sie wußte nicht, ob sie Gott ernsthaft darum bitten sollte. Der hatte vermutlich Wichtigeres zu tun. Überall war Krieg, und schwarze Kinder hungerten, und den Regenwald hatten sie schon so weit abgeholzt, daß es im Himmel richtige Löcher gab. Da konnte sie Gott nicht mit so einem Kinderkram aufhalten. Vielleicht konnte sie aber doch, ausnahmsweise, weil es doch Weihnachten war, fast jedenfalls. Da wurden die Leute immer ganz freundlich und weich, und alles renkte sich wieder ein.
Carina hatte ein Geschenk für Anja dabei. Nur ein ganz kleines Geschenk, damit es nicht so auffiel. Es war ein kleiner Notizblock mit regenbogenfarbenen Blättern. Auf dem Deckblatt war das Foto einer jungen Tigerkatze mit tiefblauen Augen. Gegen junge Katzen konnte niemand etwas einwenden, die hatten auch Leute gern, die nicht kindisch waren, es sei denn, sie hatten eine Katzenallergie.
Carina hatte auch extra Geschenkpapier gekauft, damit sie Mama nicht darum bitten mußte. Die hätte bestimmt gefragt, wofür sie es brauchte, und das mit dem Geschenk sollte sie vorsichtshalber nicht wissen.

Daß Carina Anja von ihrem Tisch weggejagt hatte, wußte Mama auch nicht.
Den ganzen Vormittag über lag das Päckchen wie eine glühende Metallscheibe in Carinas Schultasche. Schon schlüpften alle in ihre Jacken. Sie stupsten einander an und schoben sich ihre kleinen Geschenke zu. Das war genau der richtige Moment.
»Aber erst Heiligabend aufmachen!« hörte Carina.
»Und ruft mich an, wenn ihr Schlittschuh laufen geht!«
»Klar, ich ruf an!«
»Tschüs!«
»Tschüs, frohe Weihnachten!«
Wie festgewurzelt saß Carina auf ihrem Platz. Sie hatte noch nicht einmal ihr Federmäppchen eingepackt. Mit halb zugekniffenen Augen beobachtete sie Anja, die gerade ihre Fellhandschuhe überstreifte und dabei mit Lisa kicherte.
Wenn sie hersieht, winke ich ihr zu, dachte Carina. Aber erst Heiligabend aufmachen, würde sie sagen. Und Anja würde ein bißchen verlegen das Geschenk in die Tasche schieben und lächeln. Vielleicht würde sie sogar sagen: »Ich ruf dich mal an«, und vielleicht...
Anja schwang ihre Umhängetasche über die Schulter, rief noch mal ein allgemeines »Tschüs« in die Runde und verließ, gefolgt von Lisa, den Raum.
Carina saß noch da, als alle gegangen waren. Erst als eine Putzfrau forschend durch den Türspalt spähte, erwachte sie.
Vor ihr lagen fast drei Wochen, in denen sich nichts ändern konnte.

Carina bekam eine Weihnachtskarte von Laura. Es stand

eigentlich gar nichts drauf: Das »Frohe Weihnachten« war schon vorgedruckt, und Laura hatte lediglich »Deine Laura« dazugeschrieben.
Carina wußte wirklich nicht, was sie davon halten sollte. Um sicherzugehen, schrieb sie Laura ebenfalls eine Karte – es war noch Zeit bis Heiligabend –, und die Karte schrieb sie ganz voll. Ihr war gar nicht wohl, als sie den Umschlag durch die Briefkastenklappe schob. Vielleicht war das aufdringlich, jemandem gleich eine vollgeschriebene Karte zu schicken. Immerhin hatte Laura ihr nur ganz kurz die Hand gedrückt, als sie wegging.

Es war schwierig, die Menge von Indianerbüchern aufzutreiben, die für drei Wochen Ferien reichte. Auch die Stadtbücherei war geschlossen. Carina blieb nichts anderes übrig, als Björns Bücher zum zweiten und dritten Mal zu lesen.
Björn schenkte ihr zu Weihnachten ein Poster mit roten Felsen, gelbem Sand und tiefblauem Himmel. Es sah so ähnlich aus wie Carinas Felsen, nur wuchs in der Ebene weniger Gras, und es roch nicht so gut. Trotzdem hängte sich Carina das Poster übers Bett, und wenn sie vor dem Einschlafen ihren eigenen Felsen nicht finden konnte, dann machte sie das Licht wieder an und betrachtete ganz lange das Poster.
Björn hatte keinerlei Probleme mit seinen Ferien. Er lieh sich Videos aus, traf sich mit Freunden, um mit denen über Mädchen zu reden, die sie »Weiber« nannten. Er fuhr zum Skilaufen, und als er zurückkam, war er noch eine ganze Weile damit beschäftigt, den Sonnenbrand auf seiner Nase zu behandeln.
»Mann, du bist wirklich langweilig«, sagte er zu Carina,

die dauernd über irgendeinem Buch lag. »Von mir hast du das nicht.«
Aber er hatte ja keine Ahnung. Bei den Indianern gab es auch Berge und jede Menge Schnee, so daß man nur mit Hilfe geflochtener Schneeschuhe vorwärtskommen konnte. Da kuschelten sich die Familien in ihren Tipis zusammen und kochten über dem Feuer eine würzige Suppe aus Baumrinde und getrocknetem Büffelfleisch. Sie feierten nicht Weihnachten, aber das war nicht schlimm, denn im Tipi war es das ganze Jahr über gemütlich.
»Geh doch mal an die frische Luft!« sagte Mama.
»Wenn ich einen Hund hätte, würde ich die ganze Zeit an die frische Luft gehen«, antwortete Carina, ohne von ihrem Buch aufzusehen.
»Oder ruf doch mal Anja an und frag sie, ob sie nicht herkommen will«, lautete Mamas nächster Vorschlag.
Carina war sprachlos.
Hatte sie ihr denn nicht alles erzählt?
»So schlimm wird's schon nicht sein«, meinte Mama. »Man muß seinen Stolz auch mal überwinden können. Sonst braucht man sich gar nicht zu wundern, wenn man mit allen Leuten Krach kriegt.«
Und dann:
»Und jetzt heul nicht schon wieder, heulen macht häßlich.«
Carina schlich um das Telefon herum. Gerade als sie sich ein Herz und mit der Hand nach dem Hörer faßte, klingelte es. Carina machte einen Hopser vor Schreck.
Vielleicht ... war das Anja? »Gedankenübertragung« – das hatte es zwischen ihnen oft gegeben. Daran konnte man sehen, daß sie zusammengehörten.
Aber es war nicht Anja. Es war Tom, ein Freund von

Björn, und Carina mußte ihm sagen, daß Björn nicht da war, er hatte nämlich »eine Verabredung«. Björn hatte ihr diese Formulierung eingetrichtert.
»Klingt doch gut«, sagte er. »Und ist nicht gelogen.« Brauchte ja keiner zu wissen, daß er nur mit Axel verabredet war.
Als sie aufgelegt hatte, merkte Carina, daß sie Anjas Telefonnummer nicht mehr auswendig wußte. So lange hatte sie nicht angerufen!
Sie ging nach oben und wühlte auf ihrem Schreibtisch nach der Nummer. Dabei fiel ihr Blick auf das noch verpackte Geschenk für Anja. Sie wog es in der Hand und starrte aus dem Fenster. Nein, sie wollte sich nicht für irgendwas entschuldigen, auch nicht dafür, daß sie Anja an Lisas Tisch geschickt hatte. Wahrscheinlich wäre Anja auch von allein auf die Idee gekommen, sich zu Lisa zu setzen. Hätte sie darauf warten sollen?
»Rufst du nicht an?« fragte Mama.
»Nö.«
»Du mußt es ja wissen«, sagte Mama in einem Tonfall, der deutlich zu verstehen gab, daß Carina offensichtlich eben nicht wußte, was sie tat.
Aber dann kam gegen Ende der Ferien etwas, das war noch besser als Indianerbücher, und Carina hatte es ihrer Mutter zu verdanken, von der sie gedacht hatte, sie verstehe überhaupt nichts.
»Ich habe Frau Rupert getroffen«, erzählte Mama, als sie vom Einkaufen kam. Es herrschte Dauerfrost, und sie hatte eine ganz rotgefrorene Nase. »Ruperts haben sich vor ein paar Wochen einen Hund zugelegt.«
»Ooooch«, machte Carina neidisch. »Was denn für einen?«
»Einen Rottweiler«, sagte Mama. »Er ist noch ganz jung.«

»Solche Leute hab ich gern«, meldete sich Papa aus dem Wohnzimmer. »Keine Kinder, und dann dafür einen Hund anschaffen.«
Mama ignorierte das.
»Frau Rupert sagt, du kannst mit ihm spazierengehen, wenn du willst.«
Carina klappte das Buch zu, daß es knallte. Sie hatte sich noch nicht einmal die Seite gemerkt.
»Wann?« fragte sie atemlos.
»Gleich heute nachmittag«, sagte Mama. Sie freute sich, daß sie mit ihrer Neuigkeit so großen Erfolg hatte. »Wir müssen nur vorher anrufen.«

Johnny war drei Monate alt, pechschwarz mit fuchsroten Pfoten und ebenso fuchsroter Kehle. Er verbiß sich so fest in die Leine, daß es kaum nötig – und kaum möglich – war, den Karabinerhaken im Halsband einzurasten.
Kaum hatte Frau Rupert sich in einer eher symbolischen Geste den Schweiß von der Stirn gewischt und die Tür hinter sich geschlossen, da sahen sich Carina und Johnny mit tiefem Einverständnis an und rannten los. Johnny galoppierte, so schnell ihn seine vier dicken Pfoten trugen. Die rosa Zunge flappte ihm dabei fast bis in die Augen. Er stieß weiße Atemwolken aus wie eine kleine Dampflok, und Carina über ihm machte die dazugehörigen puffenden Geräusche.
Und es schien noch nicht einmal die Sonne. Aber Carina behielt diesen Tag sonnendurchflutet in Erinnerung. Jedesmal, wenn sie diese Stelle in ihrem Tagebuch nachlas, überraschte sie ihre eigene Schilderung eines wolkenverhangenen Himmels, über den die Krähen mühsam hinwegruderten wie über ein vereisendes Meer.

»Und wann darf ich wiederkommen?« keuchte sie an der Tür, als sie Frau Rupert das Ende der Leine übergab. Die hatte erst einmal Mühe, sich von dem kleinen schwarzen Springteufel zu befreien, der da um sie herumtanzte. Erst als ihm der Futternapf in der Küche einfiel, konnte sie sich aufrichten.
»Was hast du gesagt? Ach so.« Frau Rupert glättete ihre zerzausten Haare. »Jeden Tag, wenn du willst. Er braucht jede Menge Auslauf. Wir haben ja nur den kleinen Garten.«
»Wenn die Schule wieder anfängt, habe ich Dienstag nachmittags Sport«, sagte Carina. »Aber an allen anderen Tagen kann ich.«
Ihr war ganz schwindlig vor lauter Glück. Johnny kam mit Futterkrümeln garniert zur Tür zurück, und sie tätschelte sein wabbeliges Welpenbäuchlein. Dann ging sie nach Hause. Am Montag fing die Schule wieder an. Doch die war um ein Uhr zu Ende, und um drei Uhr wartete Johnny.
»Ein Rottweiler!« sagte Björn anerkennend. »Da mußt du dir aber ein paar Muckis antrainieren, sonst hältst du den nicht mehr, wenn er groß ist.«
»Den halt ich schon«, versicherte Carina und wärmte ihre halberfrorenen Finger an der Kakaotasse.
»Sind die nicht gefährlich?« Papa runzelte die Stirn.
»Man muß sie richtig erziehen«, sagte Mama. »Frau Rupert sagt, ihr Mann geht später mit ihm auf den Hundeplatz.«
»Na, ich weiß nicht, ob das der richtige Schoßhund für ein so kleines Mädchen ist«, sagte Papa.
»Schoßhunde sind blöd«, sagte Carina. »Johnny ist richtig.« Ihr war ganz flau. Ein väterliches Verbot konnte die ganze Sache noch im letzten Moment kippen.

»Jetzt laß sie erst mal«, beschwichtigte Mama. »Vorerst ist er ja noch ganz klein.«
»Solange er so klein ist, kannst du ihn mir mal leihen«, schlug Björn vor. »Mädchen fahren völlig auf junge Hunde ab.«
»Wenn er erst groß ist, hast du wahrscheinlich selber Angst vor ihm!« sagte Papa.
»Quatsch!« Björn wurde rot.
»Den verleih ich sowieso nicht«, sagte Carina. »Der bleibt bei mir.«

Eisregen

Diesmal freute sich Carina nicht auf den ersten Schultag nach den Ferien. Es hätte ruhig so weitergehen können, morgens Indianerbücher lesen, nachmittags mit Johnny rausgehen. Dazu brauchte sie niemanden. In der Nacht davor wachte sie immer wieder auf und lauschte auf einen sanften Regen. Merkwürdig, daß es regnete. Eigentlich herrschte ja immer noch Frost.
Es war noch dunkel, als Carina sich ihre Schultasche umhängte.
»Paß auf«, sagte Mama. »Es ist glatt draußen.«
An der Tür hielt Carina den Atem an.
Weil es so kalt war, war das Regenwasser überall sofort gefroren. Die ganze Welt lag da wie in Glas eingelassen. Sträucher, Bäume und Treppengeländer waren von einer vollkommen durchsichtigen Eisschicht überzogen. Das Ganze sah aus wie ein verspätetes Weihnachtswunder.
Carina kam kaum vorwärts, zum einen deswegen, weil sie sich soviel umschauen mußte, zum anderen, weil sie dauernd ausrutschte. Straßen und Bürgersteige hatten sich in durchgehende Eisbahnen verwandelt.
In einem Straßengraben stand eine jammernde alte Frau und schwenkte hilflos ihren Stock.

»Ich komme nicht über die Straße!«
Das war kein Wunder, denn der Fahrdamm war gewölbt, und es brauchte schon ohne Stock und mit gesunden Beinen einiges Geschick, diesen Eishügel zu überwinden. Die Frau wagte sich kaum zu rühren. Sie war den Tränen nahe. Carina erinnerte sich an ihre Pfadfinderehre, schlitterte zu der Frau hinüber, hakte sie unter und zog sie, so gut es ging, auf die andere Straßenseite.
»Vielen Dank«, sagte die alte Frau. »So etwas, so ein furchtbares Wetter!«
Nein, die alten Leute waren gar nicht glücklich. Carina dagegen fand diesen Morgen großartig. Die Autos ließen sich nicht steuern oder bremsen und rutschten geradewegs in den Straßengraben. Einige Schüler glitten auf Schlittschuhen an Carina vorbei. Die würden pünktlich ankommen, ganz im Gegensatz zu Carina. Die fiel dreimal auf den Hintern, bis sie die Schule erreicht hatte. Sie tat sich aber nicht weh. Nichts konnte richtig weh tun an so einem verzauberten Morgen.
In der Schule ging es drunter und drüber, denn die meisten Lehrer wohnten so weit weg, daß sie mit dem Auto zur Arbeit fahren mußten, und genau das konnten sie heute nicht. Die Direktionssekretärin pinnte mit säuerlicher Miene lange Listen von Stundenausfällen ans Schwarze Brett. Carina hatte Pech. Der Mathelehrer, den sie in der ersten Stunde hatte, wohnte direkt neben der Schule und hatte bereits mit dem Unterricht angefangen, als sie kam.
Eigentlich war das einer von denen, die gleich einen roten Kopf bekamen und brüllten, wenn man zu spät kam oder seine Hausaufgaben vergessen hatte. Aber an diesem Morgen war er einigermaßen friedlich und winkte Carina nur

ungeduldig auf ihren Platz. Nach ihr trafen noch drei Mitschüler in regelmäßigen Abständen ein. Klar, der Lehrer durfte gar nicht brüllen, weil das mit dem Eis »höhere Gewalt« war. »Höhere Gewalt« war manchmal was Feines.
Carina bemerkte kaum, was im Unterricht vorging. Ihr Blick schlüpfte durch das enge Karogitter im Rechenheft und schlich sich hinaus in die Weite des Eispalasts, der sich mit der Morgendämmerung um das Schulgebäude herum enthüllte. Das alles konnte sie Johnny zeigen. Es war sein allererster Winter, und gleich konnte er so was erleben. Andere mußten zwölf Jahre darauf warten. Er war ein Glückshund, das war ganz eindeutig. Und Carina war seine Freundin. Bestimmt kriegte sie einen Teil ab von diesem Glück, wenn sie viel mit ihm zusammen war. Vielleicht färbte das Glück ab wie das gelbe T-Shirt, das man immer einzeln waschen mußte, weil sonst alles, was damit in Berührung kam, gelbe Flecken kriegte. Oder das Glück haarte, so wie Lisas Angorakatze. Ganz leer konnte Carina jedenfalls nicht ausgehen.
Erst auf dem Heimweg fiel ihr ein, daß sie sich nicht erinnern konnte, ob die anderen sie an diesem Morgen gegrüßt hatten oder nicht.
Oder ob sie selbst jemanden gegrüßt hatte.
Sie konnte sich nicht erinnern, überhaupt nur jemandem ins Gesicht geschaut zu haben.
Jedenfalls war sie sich ganz sicher, daß keiner danach gefragt hatte, was sie zu Weihnachten bekommen hatte.
Sie wußte auch ganz genau, daß sie niemandem von Johnny erzählt hatte.
Daraus war zu schließen, daß sie den ganzen Morgen mit niemandem geredet hatte.
Das einzige, was sie in der ersten Stunde gesagt hatte,

war »Wurzel aus elf«. Der Mathelehrer hatte sie nämlich ganz überraschend aufgerufen. Gemeldet hatte sie sich nicht.
Die Luft war klar, eine kalte Sonne stieß durch die Wolken, und ihr Licht brach sich millionenfach in den eisbeschichteten Bäumen. Es war so schön, daß Carina das Gefühl hatte, sie müsse gleich platzen. Um nicht zu platzen, hätte sie eigentlich den ganzen Weg nach Hause rennen müssen, aber das war auf dem Glatteis unmöglich, obwohl die Leute inzwischen Sägemehl und Schotter draufgestreut hatten.
»Na, wie war die Schule?« fragte Mama schon in der Tür. »War überhaupt jemand da?«
»Hast du gesehen, wie die Bäume aussehen?« Carinas Stimme überschlug sich fast. »Über jedem Zweig ist eine Eisschicht, es ist überhaupt alles aus Eis, was man anfaßt.«
»Es hat schon eine ganze Reihe von Unfällen gegeben«, sagte Mama.
»Wer bei so einem Wetter mit dem Auto fährt, ist selber schuld«, meldete sich Björn von der Küche aus mit vollem Mund. »Ich find's auch toll. Heute nachmittag mach ich Fotos. Hoffentlich bleibt die Sonne da. Das wird supergeil.«
»Nimmst du mich mit?« fragte Carina. »Ich hol dann Johnny.«
»Na gut.« Mit so viel Gnade hatte Carina überhaupt nicht gerechnet. Sogar Mama sah ganz überrascht von der Pfanne auf, in der sie die letzten Bratkartoffelreste zusammenkratzte.
»Machst du auch ein Foto von Johnny?« Carina setzte sich vor ihren Teller.

»Nö«, sagte Björn mit vollem Mund. »Junge Hunde sind kitschig. Jeder Depp kann die fotografieren.«
»Aber Mädchen gefällt das«, sagte Carina listig. »Die hängen sich solche Fotos gern ins Zimmer.«
Björn ließ die Gabel sinken und betrachtete seine kleine Schwester, als sähe er sie zum ersten Mal. Dann grinste er von einem Ohr zum anderen und aß weiter.
»Ihr solltet aber nicht in den Wald gehen.« Mama machte sich schon wieder Sorgen. »Da brechen jetzt überall die Äste runter, weil sie zu schwer werden.«
Björn hatte zu Weihnachten eine Spiegelreflexkamera bekommen. Alle hatten dafür zusammengelegt: die Eltern, die Großeltern, die Paten, und Carina hatte zwei Filme gekauft, damit er gleich anfangen konnte.
Aber Björn hatte sich geweigert, Familienbilder unter dem Weihnachtsbaum zu knipsen.
»Ich mach nur anspruchsvolle Bilder!« verkündete er.
»Na, das trifft sich gut«, hatte Papa gesagt. »Wir sind eine anspruchsvolle Familie.«
Daraufhin opferte Björn genau drei seiner wertvollen Bilder. Dann packte er die Kamera wieder weg und war nicht noch einmal zu erweichen.
Aber der Eisregentag war sein Tag! Er dachte nicht mehr ans Bildersparen.
»Im Radio haben sie gesagt, das kommt nur durchschnittlich alle elf Jahre mal vor in dieser Gegend«, keuchte er, während er unter Büschen und Sträuchern herumkroch und an seinem Objektiv schraubte.
»Irgendwie sind die Hochs und Tiefs auf der Wetterkarte durcheinandergeraten.«
Carina fand, daß das ein sehr gelungenes Durcheinander war.

»Schwierig zu belichten«, sagte Björn fachmännisch. »Am besten probier ich mal alle Blenden und Belichtungszeiten aus.«
Johnny roch mit zurückgelegten Ohren an den Zweigen.
»Kalt auf der Nase, nicht?« Carina bückte sich nach ihm.
Johnny machte einen Satz nach hinten und wollte weglaufen, aber die Pfoten rutschten ihm weg, und er fiel auf den Bauch.
»Der wundert sich wahrscheinlich, was sie über Nacht mit der Welt angestellt haben«, vermutete Carina. »Schau mal, er macht schon ein ganz mißmutiges Gesicht.«
»Hunde machen kein mißmutiges Gesicht«, sagte Björn. »Du vermenschlichst diese Viecher immer so.«
Aber von »Kitsch« sprach Björn nicht mehr. Er war ganz glücklich mit dem Motiv »Junger Rottweiler in vereister Landschaft«.
»Da kannst du einen Kalender draus machen!« versprach er. »Geh mal aus dem Bild!«
»Dann mußt du Johnny jeden Monat fotografieren«, sagte Carina.
»Mal sehen.«
Es war merkwürdig, wieviel Anerkennung Carina, die lästige kleine Schwester, plötzlich bei Björn fand.

Es war gut, daß Björn das Eiswunder gleich fotografiert hatte, denn es hielt nicht lang. Carina kaufte sich eine dicke neue Kladde als »Tagebuch mit Johnny«. Die erste Seite ließ sie frei. Da wollte sie eins von Björns Fotos von Johnny hinkleben, wenn sie fertig waren. Jetzt hatte sie wieder vier Tagebücher.
Nur wenige Tage später waren die Bäume wieder kahl, die Autos fuhren so schnell wie zuvor, und Carina schaute

vom Klassenzimmer aus abwesend auf die Ringmuster, die der Regen in eine große Wasserpfütze zeichnete.
»Wir machen jetzt so etwas wie ein Spiel!« kündigte Herr Krems, der Gemeinschaftskundelehrer, gerade an.
In der Klasse wurde erst einmal gekichert. Neuerdings gab es eine ganze Anzahl von bislang völlig bedeutungs- und harmlosen Wörtern, die jetzt in der Klasse regelrechte Kicherwellen auslösten. »Spiel« war eines davon.
»Es kommt aus der Sozialkunde«, fuhr Herr Krems fort. »Man nennt es: ein Psychogramm.«
Carina sah von den Regenmustern in der Wasserpfütze auf. Was mit »Psycho« anfing, konnte unter Umständen ganz interessant sein. Die Geschichte mit dem Aufschreiben der Träume hatte auch mit »Psycho« angefangen, und die interessierte Carina immer noch, obwohl sie das Aufschreiben dauernd vergaß. Immerhin schrieb sie jetzt wieder in ihr neues Tagebuch. Aber nur wegen Johnny. So ein junger Hund wurde ganz schnell erwachsen, also mußte man alles aufschreiben, was man mit ihm erlebte, solange er noch klein war. In ein paar Jahren, wenn Johnny groß und nicht mehr so verspielt war, konnte sie es durchlesen und sich genau erinnern.
»Es ist so eine Art Umfrage«, erklärte Herr Krems. »Und mit den Ergebnissen läßt sich die Sozialstruktur einer bestimmten Gruppe offenlegen. Das heißt, wir können feststellen, wo Zuneigungen und wo Abneigungen vorhanden sind, ob es in der Gruppe einen Star gibt oder einen Außenseiter.«
Carina nahm ihren Bleistift in die Hand und malte mit ein paar Strichen ein Hundegesicht auf den weißen Rand ihres Gemeinschaftskundebuches. Es gelang nicht und sah bestenfalls aus wie eine überfahrene Bulldogge.

»Natürlich bleiben die Namen geheim«, versicherte Herr Krems. »Keine Sorge, jeder bleibt anonym.«
Er teilte die Fragebogen aus. Auf den Bogen sollten sie ihren Namen eintragen. Herr Krems wollte den dann durch eine Nummer ersetzen, wenn er alle Zettel hatte.
»Nenne diejenigen Mitschüler, zu denen du ein besonders gutes Verhältnis hast«, war die erste Anweisung. Die zweite lautete entsprechend: »Nenne diejenigen Mitschüler, zu denen du ein besonders schlechtes Verhältnis hast.«
»Kurz gesagt, nennt Freund und Feind«, sagte Herr Krems dazu. »Und denkt daran, es bleibt alles völlig anonym.«
Eine Stunde lang brütete die Klasse in völliger Verlegenheit. Herr Krems las Zeitung. Carina malte überfahrene Bulldoggen und Papageien mit halb geschlossenen Augen. Zu wem hatte sie denn noch ein besonders gutes Verhältnis? Und wen konnte sie nicht leiden? Klar, Sabrina war ihre Feindin, denn die hatte das Wort »Streber« aufgebracht. So etwas meinte Herr Krems wahrscheinlich. Und sonst? Florian konnte nichts dafür, daß die Mädchen sich alle in ihn verliebten. Er genoß es zwar, aber man konnte es ihm nicht so richtig vorwerfen, und im großen und ganzen hatten er und Carina nichts miteinander zu tun.
Carina schrieb »Sabrina« unter die zweite Frage, damit sie schon mal eine Antwort hatte. Dann wandte sie sich wieder der ersten zu. Es war unmöglich, diese Frage nicht zu beantworten. Sie war doch gar nicht so eine, die niemanden leiden konnte! Eher war es so, daß sie die anderen nicht so richtig kannte oder besser, *nicht mehr* kannte. Ihr Blick wanderte zu Anja. Sie waren sechs Jah-

re lang dicke Freundinnen gewesen, das vergaß man nicht so schnell. Jetzt war Anja zwar gerade ziemlich blöd zu Carina, aber das löschte noch nicht alles aus. Zufrieden schrieb Carina Anjas Namen hin.
Herr Krems sammelte die Blätter höchstpersönlich ein, damit keiner etwas sehen konnte, was ihn nichts anging. »Nicht zum Nachbarn schielen!« sagte er streng. »Das sind ganz persönliche Angaben!«
»Und was passiert später mit den Zetteln?« fragte Florian.
»Die werden natürlich sofort nach der Auswertung vernichtet«, versicherte Herr Krems. »Datenschutz, ihr wißt schon. Alles, was ihr sehen werdet, ist ein Schaubild mit Zahlen und Pfeilen. Völlig anonym.« Er hauchte in seine Brille und wischte sie mit einem Zipfel seines Markenpullovers sauber.
Dann nahm er die Zettel unter den Arm und ging, obwohl es noch nicht geläutet hatte.
In der Klasse herrschte eine seltsame Spannung, die sich in der kleinen Pause in besonders lautem Gegacker, Gekreische und dem intensiven gegenseitigen Bombardement mit Radiergummis und Linealen Luft machte.
Carina beobachtete Sabrina, wie sie ihre Französischsachen aus der Tasche kramte und auf ihren Tisch pfefferte. Sie war offensichtlich nervös, als sie sich umwandte.
»Hast du die Hausaufgaben?« fragte sie.
Carina hielt ihr wortlos ihr Heft hin.
Sabrina stand auf und holte es. »Danke«, sagte sie und lächelte. Carina lächelte zurück. Sabrina ging an ihren Platz und schrieb die Hausaufgaben ab.
Carina sah vor ihrem geistigen Auge Herrn Krems mit seinem Stapel »Freund/Feind«-Zettel ins Lehrerzimmer

wandern. Ob er die irgendwo hinlegte, wo andere Lehrer sie sehen konnten? »Datenschutz« hatte er ja gesagt, aber wenn sie Björn glaubte, dann war dieser Begriff auch in der Wirklichkeit nicht viel wert, und in der Schule funktionierte er wahrscheinlich erst recht nicht.

Als Sabrina das Heft zurückbrachte, sahen sich die beiden nicht mehr in die Augen.

Genau zwei Wochen später – denn so eine wissenschaftliche Arbeit brauchte ihre Zeit – trug Herr Krems beim Betreten des Klassenzimmers ein eingerolltes Plakat unter dem Arm.

»Hier habe ich nun also die Ergebnisse aufgemalt«, verkündete er. »Groß und deutlich, damit keiner sagen kann, er erkennt nichts. Und sicherheitshalber habe ich noch eine DIN-A4-Kopie gemacht, die könnt ihr in euren Ordner einheften. Die eine oder andere Zahl kann man darauf schlecht lesen, da müßt ihr dann mit dem Plakat vergleichen.«

Herr Krems war offensichtlich sehr stolz auf seine wissenschaftliche Arbeit. Er betraute Florian und Richie mit der verantwortungsvollen Aufgabe, das Plakat an der Wand zu befestigen. Klebeband hatte er mitgebracht. Währenddessen teilte Anja die Kopien aus. Carina sah vorsichtig lächelnd zu ihr auf, als sie an ihren Tisch kam.

Aber Anja schaute sie nicht an, und Carina sah schnell wieder weg.

Vielleicht hätte sie es ja doch wagen sollen, unter der Frage nach den Freunden einfach eine Lücke zu lassen.

Florian und Richie entrollten an der Wand eine wilde Struktur aus Kringeln, Zahlen und gestrichelten sowie durchgezogenen Pfeilen.

»Moderne Kunst!« kicherte Konrad.
Herr Krems warf ihm einen bösen Blick zu.
»Die Zahlen stehen für die einzelnen Schüler«, sagte er. »Das habt ihr ja wohl verstanden. Die durchgezogenen Pfeile stehen für Freundschaftsbeziehungen. Die durchbrochenen Linien für die Feindschaften.« Er schmunzelte. »Äußerst sinnig und gut zu merken.«
Eigentlich sah es aus wie eins der Schnittmuster, mit denen Mama sich von Zeit zu Zeit herumärgerte, wenn sie wieder mal auf die Idee kam, daß man Kleider doch »viel billiger selber machen« konnte. An manchen Stellen klumpten die Zahlen dicht zusammen und waren durch zahlreiche durchgezogene Pfeile beiderseits verbunden. Da, im Zentrum, mußte Florian stehen. Es war die Nummer sieben. Diese Zahl war von so vielen auf ihn gerichteten durchgezogenen Pfeilen umgeben, daß sie aussah wie eine Sonne inmitten ihres Planetensystems. An manchen Stellen war das Geflecht weit weniger dicht. Und da, rechts unten, stand eine Nummer ganz abseits, von der ein einzelner gestrichelter und ein einzelner durchgezogener Pfeil ausgingen. Von allen Stellen des Plakats schlichen gestrichelte Pfeile auf diese Nummer zu und deuteten unmißverständlich auf den unbeliebtesten Schüler der Klasse.
Carina atmete schwer.
»Hier, unter Nummer neunzehn, haben wir eindeutig den Außenseiter!« frohlockte Herr Krems. »Wir haben Glück, es ist eine ganz eindeutige Struktur. Hier der Außenseiter und dort, mit der Nummer sieben, der Star. Die Nummer dreizehn scheint auch nicht beliebt zu sein.« Er kicherte. »Bringt eben kein Glück, diese Zahl.«
Carina starrte wie gebannt auf die neunzehn. Sie spürte,

wie die Pfeilspitzen von allen Seiten in ihre Rippen, in ihre Glieder drückten.
War sie das, die Nummer neunzehn? Das konnte nicht sein. Irgendeiner hätte sich doch finden müssen, der einen durchgezogenen Pfeil zu ihr hin gemalt hätte. Zumindest Anja. Anja kannte sie doch so gut. Vielleicht war Nicole die Nummer neunzehn, oder Richie mit den vielen Pickeln, der Sitzenbleiber. Carina war ja immerhin früher Klassensprecherin gewesen, und noch immer ließ sie jeden, der sie fragte, ihre Hausaufgaben abschreiben.
Aus der Ecke, in der Florian und Sabrina saßen, kam Bewegung in die Klasse, ein Raunen und Zählen. Herr Krems sah sich irritiert um.
»Was ist denn da los?«
»Haben Sie die Nummern nach der Reihenfolge im Alphabet vergeben?« fragte Florian.
»Unsinn! So einfach habe ich es mir natürlich nicht gemacht!« Herr Krems kriegte einen ganz roten und dicken Hals und mußte seine Brille abnehmen.
»Das *ist* nach dem Alphabet!« Florian triumphierte. Wie auf Kommando fingen alle an, die Nachnamen durchzugehen und abzuzählen, an welcher Stelle der ihre stand. Lisa hatte das Klassenbuch geschnappt und kontrollierte die Zahlen anhand der Schülerliste.
»Laßt das!« Herrn Krems' Brillengläser funkelten. »Ich habe euch doch gesagt, es bleibt alles anonym! Hört sofort auf damit!«
»Sieben«, sagte Florian zufrieden. »Ich hab die Sieben.« Und zu Sabrina: »Du hast Dreiundzwanzig.«
»Und Carina hat die Neunzehn«, sagte eine Stimme.
Carina wußte nachher nicht mehr, wer es gesagt hatte. Sie konnte sich nicht einmal erinnern, ob es eine Mädchen-

oder eine Jungenstimme gewesen war. Das war auch völlig gleichgültig. Für sie stand der Satz noch in Blockbuchstaben im Raum, als Herr Krems aus der Tür gegangen war. Seine Brille war ganz verschmiert, so oft hatte er sie in der Stunde aufgesetzt und wieder abgenommen.

Sie hatte dreimal nachgezählt, aber es blieb dabei. Sie stand ganz allein rechts unten auf dem Plakat, auch sie von einem Strahlenkranz umgeben, der sich aber aus durchbrochenen, gegen sie gerichteten Strahlen zusammensetzte.

Und es war ein Dienstag, der einzige Tag in der Woche, an dem sie nicht mit Johnny spazierengehen konnte.

Herr Krems kriegte Ärger. Sein »Spiel« sprach sich herum, Eltern und andere Lehrer hatten Wind davon bekommen. Das Plakat verschwand von der Wand des Klassenzimmers, und Herr Krems sammelte mit säuerlicher Miene die Zettel wieder ein. Es wurde sogar ein außerordentlicher Elternabend zum Thema »Psychogramm« einberufen. Und Herrn Weidinger, dem Klassenlehrer, war es sehr peinlich. Er bat Carina, nach der Stunde zu ihm zu kommen.

»Ich finde es sehr schade, was passiert ist«, sagte er und schaute sie ganz nett an. »Meiner Meinung nach hat Herr Krems da einen groben Fehler gemacht.«

Carina starrte ihn nur schweigend an. Herr Krems konnte im Grunde nichts dafür, das war doch alles Quatsch. Er hatte keinem seiner Schüler befohlen, Carinas Namen unter die Frage nach den Feinden zu setzen. Da stand jetzt eben schwarz auf weiß, was es schon vorher gegeben hatte. Es war bloß vorher nicht mit Kringeln und Pfeilen aufgemalt und sichtbar gemacht worden.

Wenn sie es doch alle einfach vergessen hätten! Statt dessen veranstalteten sie einen solchen Spektakel, daß sich alle Beteiligten wahrscheinlich noch nach Jahren daran erinnern würden. Das Psychogramm wirbelte so viel Staub auf, daß schließlich auch der lahmste Lehrer und die desinteressierteste Mutter darüber informiert waren, daß niemand Carina leiden konnte.

»Wie kann man so jemanden auf Kinder loslassen!« Papa war richtig wütend. »So ein Trampel.«

»Ich habe gestern auf der Bank Frau Römer getroffen«, sagte Mama. Frau Römer war die Mutter von Nicole. »Die hat sich auch aufgeregt. Sie sagt, Nicole hätte drei Tage kaum was gegessen.«

Carina errötete. Sie hatte ganz normal gegessen. Sie schlief sehr schlecht, aber das war auch vor dem Psychogramm schon so gewesen.

Mama und Papa hielten sie bestimmt für abgebrüht.

Eigentlich war es gut, daß Mama und Papa böse auf Herrn Krems waren. Aber irgendwie hatte Carina das Gefühl, daß sie auch auf sie böse waren.

»Du warst doch früher so beliebt«, sagte Mama. »Wie kommt das denn jetzt plötzlich? Was machst du denn?«

»Das möchte ich auch gerne wissen«, sagte Papa.

»Nichts mach ich«, sagte Carina trotzig. »Die sind eben alle plötzlich so blöd.«

Mama schüttelte den Kopf. »Wenn du so arrogant bist, brauchst du dich nicht zu wundern«, sagte sie.

»Ich hab ja nicht angefangen!« Carina kämpfte schon wieder mit den Tränen.

»So was passiert nicht von allein«, sagte Papa.

Carina sprang auf und rannte in ihr Zimmer.

Björn kam ihr nach und setzte sich zu ihr aufs Bett.

»Warum können sie dich denn alle nicht leiden?« fragte er.

»Ich weiß es doch nicht«, heulte Carina.

»Wir haben auch einen Außenseiter in der Klasse.« Björn überlegte: »Der prügelt sich ständig mit allen. Wird von seinem Vater auch immer verdroschen, das arme Schwein. Und Sonni, die alte Petze, die kann auch niemand leiden.«

Er sah seine kleine Schwester prüfend an.

»Du mußt doch irgendwas machen. Aus dem Nichts kommt so was doch nicht.«

In der nächsten schlaflosen Nacht fiel Carina ein Ausweg ein. Sie mußte die Schule wechseln! In einer fremden Klasse wußte keiner, daß sie ein Außenseiter war. Da konnte sie sich einfach unter die Schüler mischen und würde keinem auffallen.

Sie würde dann auch aufpassen, daß ihr nicht immer die Strümpfe rutschten und ob eins von den Mädchen einen neuen Pullover trug, damit nicht wieder alles schiefgehen konnte.

In der Stadt gab es nur ein Gymnasium. Die nächste Schule, die in Frage kam, lag im Nachbarort, zehn Kilometer entfernt. Die älteste Tochter des Nachbarn ging auf diese Schule. Von ihr wußte Carina, daß man jeden Tag mit dem Bus fahren konnte. Sie kriegte richtig Herzklopfen bei dem Gedanken, daß alles doch noch gut werden konnte.

»Kann ich die Schule wechseln?« fragte Carina ihre Eltern am Morgen nach dem Elternabend.

»Wie bitte?« Papa fiel fast das Buttermesser auf die Hose. Er fing es gerade noch an der Schneide auf und mußte sich die Finger ablecken.

»Ich kann doch nach Wimburg gehen«, sagte Carina. Das war die Nachbarstadt.
»Soweit kommt's noch«, sagte Papa.
Damit war das Thema für ihn erledigt.
Carina versuchte es bei Mama, aber die fand die Idee auch nicht gut.
»Man kann nicht immer davonlaufen«, sagte sie.
»Es wär aber so schön«, sagte Carina.
Mama seufzte und strich ihr über die Haare.
Das Leben hörte einfach nicht auf, entsetzlich zu sein. Jetzt wußten die Lehrer alle Bescheid und warfen Carina Blicke zu, die sie als halb mitleidig, halb angewidert interpretierte. Vielleicht bildete sie sich das auch nur ein. Es war schwer, sich nicht alles mögliche einzubilden. Wenn ein Lehrer jetzt eine gute Note unter ihre Arbeit setzte, dann ging er vielleicht davon aus, daß sie ein fürchterlicher Streber war. Wenn Herr Weidinger noch einmal einen Aufsatz vorlas, dann vielleicht nur, um für Verständnis für den Außenseiter zu werben. Wenn jetzt doch noch einer der anderen sie ansprach, dann befolgte er womöglich nur das christliche Gebot der Nächstenliebe.
Carina konnte in dieser Schule keinen Schritt mehr tun, ohne daß ihr der schwarze, rußige Schatten folgte, dieser Schatten, den bestimmt niemand anfassen wollte, aus Angst, er würde sich die Finger schmutzig machen. So was klebte.
Nur Johnny hatte keine Angst. Johnny hatte eigentlich vor gar nichts Angst, außer vor Kinderwagen. Wenn Leute mit einem Kinderwagen entgegenkamen, wurde er ganz dünn vor Angst und legte die Ohren nach hinten. Wahrscheinlich hielt er die Wagen für eine Art moderne

Hunde mit Rädern, von denen man nie wußte, auf welcher Seite sie beißen würden.

Seit dem Psychogramm schaute auch Frau Seibold, der Pinguin, Carina anders an. Sie war immer noch freundlich, aber Carina fand, daß Frau Seibolds Freundlichkeit jetzt mitleidig wirkte.
»Kommst du nach der Stunde mal nach vorn?« fragte sie eines Tages. »Ich habe etwas mit dir zu besprechen.«
Sie sagte das vor der ganzen Klasse. Lehrer waren wirklich manchmal ziemlich dämlich. Was glaubten die denn, warum Carina so unbeliebt war? Hätte Frau Seibold sie nicht mal im Flur anhalten können, wo es keiner sah?
Carina war böse auf den Pinguin, aber trotzdem ging sie nach der Englischstunde nach vorne und sah die Lehrerin fragend an.
»Ich habe eine Bitte«, sagte die.
Das kannte Carina auch schon. Wenn Lehrer einem was Gutes tun wollten, dann nannten sie es eine Bitte, das war »Pädagogik«. Man sollte sich geschmeichelt fühlen, weil sie einen brauchten. In Wirklichkeit brauchten sie einen überhaupt nicht, sondern waren nur großzügig. Es war widerlich.
Frau Seibold kam ein bißchen ins Stocken, weil Carina sie so unfreundlich anstarrte.
»Ich habe eine Cousine in Amerika«, fuhr sie dennoch fort. »Und diese Cousine hat eine Tochter, ungefähr in deinem Alter. Die möchte gerne eine Brieffreundin in Deutschland haben.«
Sie ließ das eine Zeitlang wirken.
»Und da dachte ich, du kannst doch schon ein bißchen

Englisch, vielleicht reicht es schon zum Briefeschreiben, und mit der Zeit geht es dann immer besser.«
Carina sagte immer noch nichts.
»Was hältst du von der Idee?«
»Wo wohnt sie denn?« fragte Carina vorsichtig.
»In Arizona.«
Das war da, wo die roten Felsen waren!
Jetzt schaute Carina auf einmal sehr freundlich.
»Wär schön!«
Der Pinguin war sichtlich erleichtert.
»Ich bring dir die Adresse nächstes Mal mit«, versprach sie.
Carina ging ganz beschwingt an ihren Platz zurück und packte die Englischbücher ein. Sie mußte in den zweiten Stock zum Biosaal. Die anderen waren alle schon weg. Vielleicht tuschelten sie wieder, weil Carina Privatgespräche mit Lehrern führte. Aber das war ihr von jetzt an egal. Bestimmt hatte keiner von ihnen eine Brieffreundin dort, wo die roten Felsen waren; vermutlich hatte noch nicht mal einer einen jungen Rottweiler, höchstens einen langweiligen Dackel.

Luftpost

Endlich war der klobige Schulatlas, den Carina zweimal in der Woche zur Schule und zurück schleppte, mal zu was gut!
Da drin gab es nämlich eine Karte, auf der waren alle amerikanischen Bundesstaaten eingezeichnet, auch Arizona. Der Staat Arizona hatte eine ganz merkwürdige Form: An zwei Seiten verliefen seine Grenzen schnurgerade, wie mit einem Lineal gezogen, nicht an irgendeinem Fluß oder Gebirge entlang, wie man das von Europa kannte. Wahrscheinlich waren diese Grenzen auch gar nicht wichtig, weil nebendran und obendrüber immer noch Amerika war.
Untendrunter, im Süden also, lag Mexiko. Da gab es auch rote Felsen, und die Sonne knallte den ganzen Tag vom Himmel. Dort sah es vielleicht auch so aus wie auf Carinas Poster. Aber es war ein ganz anderes Land, denn es gab keine Indianer auf Pferden, höchstens Mexikaner mit breiten Hüten, die von klapprigen Eseln im Zeitlupentempo durch die Kakteenwüste geschleppt wurden. Es war da so heiß, daß die Leute unter ihren breiten Hüten einfach einschliefen. Das war aber auch nicht tragisch, denn die Esel fanden ganz allein nach Hause.

Carina war schon alt genug, um zu wissen, daß es in Mexiko nicht wirklich so aussah, sondern daß die Esel und die schlafenden Mexikaner »Klischees« waren. In Wirklichkeit ging es in Mexiko viel langweiliger zu, fast so wie in Deutschland. Aber das Bild mit den Eseln gefiel ihr besser.

In Arizona aber gab es richtige Indianer. Es konnte doch sogar sein, daß Frau Seibolds Cousine mit einem Indianer verheiratet war! Dann war die Tochter, Carinas zukünftige Brieffreundin also, ein Halbblut. Na ja. Das war nun wirklich sehr, sehr unwahrscheinlich. Auch ein bißchen zuviel verlangt auf einmal. Eine unindianische, amerikanische Brieffreundin war für den Anfang auch ganz gut. Wenn Carina Pech hatte, dann wohnte die in der Großstadt. Da gab es nämlich eine in Arizona, die hieß »Phoenix«, wie der Vogel aus der Sage, der sich immer wieder selbst verbrannte und aus der Asche in altem Glanz auferstand. Carina mochte diese Geschichte gar nicht. Sie hatte nämlich Angst vor Feuer, und außerdem wußte sie nicht, warum der Vogel nicht einfach so bleiben konnte, wie er war. Wenn er aus dem Feuer genau so auferstand, wie er vorher gewesen war, dann hätte er sich doch diese Qualen ersparen können. Sie sah keinen Sinn in der Geschichte.

Aber sie hatte noch ein viel gewichtigeres Problem.

»Ich kann überhaupt noch nicht genug Englisch!« jammerte sie.

»Dann schreibst du anfangs eben kurze, einfache Briefe«, sagte Mama. »Mit der Zeit geht es dann immer besser.«

»Pffff«, machte Carina.

Einfache und kurze Briefe waren fast so langweilig wie Postkarten. Freundinnen, und das galt auch für solche,

mit denen man nur schriftlich verkehrte, mußte man alles mögliche erzählen können, und sie wiederum mußten einem selbst alles mögliche erzählen. Dafür waren sie doch da. Wenn man ihnen schrieb, mußte das so ähnlich sein wie Tagebuchschreiben.
»Du kannst meine Wörterbücher benutzen«, bot Björn an. Er war selber ein bißchen aufgeregt.
»Vielleicht ist sie ja zu alt für dich«, sagte er. »Dann kannst du sie mir geben.«
»Weil du ja so gerne Briefe schreibst«, sagte Mama spöttisch.
»Na ja. Aber dafür ist sie eine Amerikanerin. Die hat bestimmt ein Surfbrett. Und sie kann mir dann immer die neuesten CDs schicken. Die dürfen da in meinem Alter schon Auto fahren.«
»Gott behüte!« sagte Mama, obwohl sie sonst nicht so fromm war.
»Ich würde mal auf die Landkarte schauen«, sagte Papa. »Dann kannst du mir sagen, wo deine Freundin surfen soll. Über die Sanddünen in der Wüste vielleicht.«
Dies alles löste aber Carinas Problem mit der englischen Sprache nicht.
»Vielleicht hilft dir Frau Seibold am Anfang«, meinte Mama. »Immerhin war es ja ihre Idee.«
Carina seufzte. Mama hatte immer noch nicht kapiert, wie streng es verboten war, mit Lehrern privat zu verkehren.
»Die ist doch sehr nett, die Frau Seibold!« sagte Mama. »Wir haben uns am letzten Elternabend eine ganze Weile mit ihr unterhalten. Und sie hält sehr viel von dir.«
Der Elternabend! Sicher hatten sie über das Psychogramm gesprochen. Und daraufhin hatte Frau Seibold

vermutlich sofort an ihre Cousine in Arizona telegrafiert: »notfall – stop – suche freundin für schülerin – stop – aktion ›rettet die außenseiter‹ – stop«.
Fast hätte sich Carina gar nicht mehr gefreut. Das fehlte noch, daß ihr die Eltern und Lehrer jetzt eine Freundin suchten. Sie brauchte überhaupt niemanden. Johnny reichte ihr völlig.
Aber Arizona, das Land mit den roten Felsen, siegte doch. »Ja, die Frau Seibold ist ganz nett!« sagte sie deshalb. »Auch wenn sie aussieht wie ein Pinguin.«
Kaum hatte Carina es ausgesprochen, da war sie sehr wütend auf sich. Jetzt klaute sie schon Florians Witze! Björn prustete sofort los.
»Mensch, das stimmt! Genau! An irgendwas erinnert sie mich schon die ganze Zeit.«
»Seid doch nicht so bösartig!« Mama schüttelte den Kopf. Aber das war nicht ernst, nur Erziehung. Der Vergleich war einfach treffend.
Es war auch nicht so schlimm, denn Pinguine waren lustige, sympathische Tiere. Vielleicht konnte man es sogar als Kompliment betrachten.
Zwei Tage später brachte Frau Seibold tatsächlich die Adresse mit. Die Tochter ihrer Cousine hieß Tessa, und der Ort, in dem sie wohnte, war auf dem Schulatlas nicht eingezeichnet.
»Die nächste größere Stadt ist Winslow«, erklärte Frau Seibold. »Das liegt ganz in der Nähe des Nationalparks mit den versteinerten Bäumen. Davon hast du vielleicht gehört.«
Frau Seibold hatte ihre Cousine schon einmal in Arizona besucht. Ein Pinguin in der Wüste! Carina mußte ein bißchen grinsen. Aber dann fiel ihr noch eine wichtige Frage ein.

»Gibt's da Indianer?«
Möglicherweise war es eine blöde Frage, ungefähr so, als würde man fragen, ob in Italien noch Römer wohnten, wo doch jeder wußte, daß die längst ausgestorben waren und nur ein paar Ruinen hinterlassen hatten.
Aber Frau Seibold nickte.
»Ich denke, es gibt noch einige«, sagte sie. »Arme Leute.«
Carina hätte gerne nachgefragt, warum die Indianer arm waren. Vielleicht sagte Frau Seibold das nur, weil sie in einem Zelt wohnten anstatt in einem richtigen Haus und weil sie keine Autos hatten, nur ihre kleinen Pferde. Wenn jemand in Deutschland keine richtige Wohnung und kein Auto und womöglich nicht mal ein Pferd hatte, dann gehörte er zu den »armen Leuten«. Zum Beispiel die zwei alten Säufer, die jeden Mittag am Brunnenrand vor dem Kaufhaus saßen und in ihre Bierdosen starrten. Die nannte Mama immer »arme Leute«. Manchmal gab sie ihnen auch ein bißchen Geld. Aber bei den Indianern war das bestimmt anders. Die waren es nicht anders gewöhnt und fanden es in Ordnung, und ihre Pferde hätten sie nie und nimmer gegen ein stinkendes Auto eingetauscht. Mit dem blieb man in der Prärie sowieso dauernd stecken.
Aber Carina kam nicht mehr dazu, diese Frage zu stellen, denn Frau Seibold mußte sich beeilen, um noch rechtzeitig in die nächste Stunde zu kommen. Carina rannte in Richtung Biosaal.
Biologie, das war auch so ein Schwindel. Da taten die Lehrer erst so, als ginge es um Tiere, und dann mußte man die ganze Zeit chemische Formeln auswendig lernen und sich Abbildungen von aufgeschnittenen Bäuchen ansehen. Carina hatte den Biolehrer stark im Verdacht, daß er selber auch schon Tierbäuche aufgeschnitten hatte. Er

schaute einen immer so scharf an, als wollte er gerne wissen, wie es in einem drin aussah.
Wenn es wirklich um Tiere gegangen wäre, hätte es ein interessantes Fach sein können. Aber so, wie die Dinge lagen, konnte man auch in dieser Stunde nur ungeduldig auf die Klingel warten.

Seit Carina zur Schule ging, hatte sie nach dem Mittagessen sofort die Hausaufgaben erledigt. Arbeit kam immer vor dem Vergnügen, so hatte sie das gelernt. Mit Freundinnen durfte man sich erst danach treffen, wenn man überhaupt welche hatte.
Unschlüssig schob Carina mit dem Zeigefinger den Zettel mit der amerikanischen Adresse über die Schreibtischplatte. Nein, das Briefeschreiben in englischer Sprache mußte man bestimmt nicht als reines Vergnügen betrachten. Da brauchte sie nur Björn zu fragen, der bestätigte, daß so etwas Arbeit war, etwa wie Hausaufgaben, aber doch auch nicht so ähnlich, daß man deswegen gleich als Streber gelten konnte.
Ach, und selbst wenn, das machte auch keinen Unterschied mehr.
Jeder wußte, daß Carina Frau Seibolds Lieblingsschülerin war. Und die anderen Lehrer? Manche hatten jetzt angefangen, sie unvermittelt aufzurufen, auch wenn sie sich gar nicht gemeldet hatte. Das ärgerte diejenigen Schüler, die ordentlich aufgezeigt hatten.
»Immer die!« murrten sie.
Klar, daß sie das nervte, aber es war nicht Carinas Schuld, und wenn sie schon aufgerufen wurde, dann gab sie sicherlich nicht mit Absicht eine falsche Antwort. Um ehrlich zu sein: Carina fand allmählich Spaß daran, völlig

unvermutet die richtigen Antworten zu geben, wenn jeder dachte, sie habe gerade nicht aufgepaßt. Im Unterricht jener Lehrer, die noch nicht verstanden hatten, worum es ging, wurde das zu einer Art Spiel. Wenn Carina eine Antwort wußte, tat sie besonders unbeteiligt und zerstreut, schielte aus dem Fenster oder malte kleine Rottweiler auf die weißen Seitenränder des Lehrbuchs. War der Lehrer einer von der bösartigen Sorte, rief er sie garantiert auf. In möglichst gelangweiltem Ton sagte Carina dann: »Konjunktiv Präsens!« oder »Die Oligarchie!« Damit konnte man manche Lehrer ziemlich verwirren. Und die anderen, die sich gemeldet hatten, ärgerten sich über Carinas Siegermiene. Geschah ihnen recht. Manchmal hatte Carina schon ein ungutes Gefühl bei diesem Spiel. Aber der kleine Augenblick des Triumphes war ihr mehr wert. Erstens hatte sie nichts zu verlieren, und zweitens konnte ihr keiner einen richtigen Vorwurf machen.

Na gut, jetzt mußte sie einen englischen Brief schreiben, und das sah ja keiner. Zu dumm, daß man im Englischunterricht nichts lernte, was man wirklich brauchen konnte. Mit »Is this your pen? No, this is Mary's pen!« kam sie nicht weit.

Carina kannte die wichtigsten Farben und konnte bis hundert zählen, aber das war auch keine Hilfe. Und sie wollte so viel schreiben! Sie wollte fragen, wie es in Arizona aussah, ob die Indianer arme Leute waren oder noch so wie früher die Römer, ob Tessas Klassenkameraden auch schon blöde Zeitschriften lasen und auf Klassenfesten nur noch tanzen wollten. Sie konnte auch nicht wissen, ob Tessa nicht ein Pferd hatte oder mit Robert Redford verwandt war, der im Film *Jeremiah Johnson* den netten Trapper gespielt hatte. Und natürlich wollte Carina alles erzählen, was ihr passiert war: von Anja, vom Psychogramm, von Johnny und von den roten Felsen. Ganz lang sollte der Brief werden, drei Seiten mindestens.

Aber nachdem sie einen halben Nachmittag lang am Füllhalter gekaut und im Wörterbuch geblättert hatte, standen auf dem Blatt nur wenige mühsam zusammengestoppelte Sätze, in denen Carina ihren Namen, ihren Geburtstag und ihre Hobbys angab, die Mitglieder ihrer Familie aufzählte und die Hoffnung auf baldige Antwort äußerte.

War das unbefriedigend!

Das Wörterbuch war auch keine große Hilfe. Es stand nicht mal drin, was »Rottweiler« auf englisch heißt! Carina wich zwangsweise auf »big black dog« aus, obwohl sie damit nicht zufrieden war, denn erstens war Johnny noch nicht richtig »big«, sondern noch jung, und zweitens war er auch nicht ganz »black«, sondern hatte ein rotes Gesicht und rote Pfoten.

Carina starrte auf den nur bis zur Hälfte vollgeschriebenen Briefbogen. Nein, so ging das nicht. Das mußte sich ganz schnell ändern, und dafür mußte sie so schnell wie möglich Englisch lernen. Ohne viel Hoffnung blätterte sie im Lehrbuch. Meine Güte, das dauerte ja Ewigkeiten, bis überhaupt mal ein zusammenhängender Text kam! Und der handelte dann natürlich von dem kranken Jungen, der Besuch vom Onkel Doktor bekam. Lächerlich. So was gab es doch außerhalb von Schulbüchern nicht, daß Ärzte wegen jeder kleinen Grippe ans Krankenbett kamen. Der Hausarzt von Carinas Familie war überhaupt noch nie ins Haus gekommen. »Solange ein Patient noch auf allen vie-

ren kriechen kann, bestellt er ihn in die Praxis«, sagte Papa immer.
Carina seufzte, faltete den Brief zusammen und steckte ihn in einen blauroten Luftpostumschlag, den ihr Mama aus ihrem Vorrat spendierte. Sie malte mit Blockbuchstaben die Adresse drauf und radelte zur Post. Dort beobachtete sie ehrfürchtig, wie der Postbeamte alles mit Briefmarken vollklebte und den Brief dann in hohem Bogen in einen bereitgestellten Sack warf.
Wenn die einzige Freundin in Amerika wohnte, hatte das seine Nachteile. Zum Beispiel dauerte es eine Ewigkeit, bis eine Antwort kam.
»Eine Woche mußt du schon rechnen!« hatte Frau Seibold gesagt. Das war eine entsetzlich lange Zeit. Auf dem roten Felsen konnte sich Carina gar nicht mehr so richtig entspannen. Der hatte sich verändert, denn nun gab es ihn wirklich, und Tessa kannte ihn wahrscheinlich. Er gehörte Carina nicht mehr, er gehörte auch Tessa und den Leuten aus der Stadt Phoenix. Und Tessa war weit weg. So weit weg, daß Briefe sogar mit dem Flugzeug mehrere Tage brauchten, um bei ihr anzukommen.

Johnny blieb Johnny. Besser gesagt: Er wurde immer mehr Johnny, mit jedem Zentimeter, den er wuchs. Und er wuchs in rasantem Tempo. Jetzt konnte er schon so kräftig an der Leine ziehen, daß sich Carina manchmal mit den Fersen in den Boden stemmen mußte, um ihn zu halten.
Johnny hatte eine innere Uhr, auf der sah er genau, wann es drei Uhr war. Frau Rupert erzählte, daß er sich, schon kurz bevor Carina kam, innen vor die Haustür setzte und die Klinke hypnotisierte. Wenn sie ihr Fahrrad abstellte,

stand er schon auf und wedelte mit dem Hintern. Mit dem Schwanz wedeln wie andere Hunde konnte er nicht, denn den hatte man ihm kupiert. Es war nur noch ein Stummel da. Verspätete sich Carina mal um ein paar Minuten, war er ganz außer sich, bis sie kam. Sie mußte dann ein besonders langes Stück mit ihm rennen, damit er sich wieder beruhigte. Sobald einer von ihnen nicht mehr konnte (meistens war das Carina), setzte sie sich auf eine Bank oder eine Wurzel oder einen Stein, je nachdem, was gerade da war. Johnny legte seinen kantigen Kopf auf ihr Knie, und dann verschnauften sie beide, bis ihnen kalt wurde.

»Aber nie von der Leine lassen!« warnte Frau Rupert ungefähr alle zwei Tage. Carina fand es gemein, Johnny dauernd an der Leine herumzuzerren. Auf kleinen, leicht zu kontrollierenden Wegen begann sie mit Johnny zu üben. Um nicht eindeutig gegen Frau Ruperts Gebot zu handeln, hakte sie niemals die Leine los. Sie ließ einfach die ganze Leine fallen. Die schleppte Johnny dann am Boden entlang. So konnte er sich ein bißchen freier bewegen, und im Notfall stellte Carina einfach einen Fuß auf die Leine, um ihn zu bremsen. Das funktionierte ganz gut. Sie übten »Bei Fuß«, »Sitz« und »Platz«. Eine Weile machte Johnny solche Übungen gerne mit. Wenn er keine Lust mehr hatte, machte er der Unterrichtsstunde ein Ende, indem er sich in die Leine verbiß und sie unter wildem Knurren durchschüttelte. Carina ließ ihn dann sofort in Ruhe. Sie respektierte ihn. In der Schule hätte sie sich auch oft gern in irgendwas verbissen und es durchgeschüttelt, um dem Ganzen ein Ende zu machen! Aber als Schüler hatte man ja keine Chance. Johnny gestand sie diese Freiheit zu, und er lernte dabei trotzdem

was. Nach ein paar Lektionen beherrschte er »Sitz« schon perfekt und manchmal auch »Platz«, wenn Carina ihn ein bißchen schubste.
Einmal trafen sie Lisa und Nelle im Stadtpark. Johnny hüpfte freundlich auf sie zu und wollte an Lisa hochspringen. Vielleicht roch er auch ihre Katze. Carina zog ihn schnell zurück, weil Lisa erschrocken den Arm vor sich hielt.
»Er macht nichts«, sagte Carina. »Er spielt nur.«
Lisa warf ihr einen bitterbösen Blick zu und schob Nelle weiter, ohne ein Wort zu sagen.
»Die hat sich ganz schön erschrocken«, sagte Carina zu Johnny.
Es freute sie ein bißchen.
Aber es war gar nicht richtig, sich darüber zu freuen.
Im Geiste hörte sie bereits Lisas Stimme: »Jetzt hetzt sie schon ihren Hund auf die Leute! Ihr hättet sie sehen sollen mit ihrer schwarzen Bestie!«
Die »Bestie« stürzte sich inzwischen auf einen rundlichen grauen Pudel, dessen Frauchen ebenso heftig erschrak wie zuvor Lisa. Carina gönnte Johnny ein paar Nasenküsse mit der Pudeldame, obwohl sie nicht verstehen konnte, was er an der fand.
Ja, es war ganz nett, mit einem Hund herumzulaufen, vor dem die anderen ein bißchen Angst hatten. Natürlich nur, wenn man genau wußte, daß er niemandem was tun würde.

Eine Woche dauerte das also mindestens mit dem Brief, hatte Frau Seibold gesagt.
Tatsächlich vergingen genau dreiundzwanzig Tage, bis Carina beim Nachhausekommen den erwarteten Brief

vorfand. Zuerst dachte sie, es könne gar nicht der Brief aus Amerika sein, weil er nicht in einem richtigen Luftpostumschlag steckte. Aber dann entdeckte sie einen Aufkleber, auf dem »by air mail« stand, und die Briefmarke machte die Sache eindeutig klar: Es war eine amerikanische Fahne mit Streifen und Sternchen drauf abgebildet.

»Iß erst mal«, sagte Mama. »Es wird alles kalt!«

Aber das war zuviel verlangt. Carina mußte mindestens schon mal den Umschlag aufreißen und den Brief ansehen. Als sie das Blatt herauszog, purzelte ein Foto hinterher.

»Zeig!« verlangte Björn begierig.

Carina hielt ihm das Foto so hin, daß sie selbst auch mit draufschauen konnte.

»Das ist ja ein kleines Mädchen!« sagte Björn enttäuscht.

»Ja, nicht wahr?« Carina fiel ein Stein vom Herzen. Insgeheim hatte sie gefürchtet, Tessa könnte wie Sabrina aussehen, mit Lidschatten und Wimperntusche und so.

»Na, die wird ja auch mal älter«, tröstete sich Björn. »Im Moment habe ich sowieso noch kein Geld für den Flug nach Amerika!«

»Das ist *meine* Brieffreundin!« Carina wurde es ganz heiß. »Die geht dich gar nichts an!«

»Geschenkt!« Björn winkte gönnerhaft ab. »Solange sie noch so flach ist, kannst du sie gerne haben!«

»Björn!« sagte Mama entsetzt. »Was fällt dir ein!«

»Aua«, antwortete Björn, denn Carina hatte ihn ans Schienbein getreten, so fest sie nur konnte, und das war ziemlich fest.

»Leg den Brief weg!« befahl Mama. »Er kriegt nur Fettflecken!«

Carina klemmte sich den Brief unter den Po, damit Björn nicht drankam.
Der war imstande und las ihn vor ihr, nur um sie zu ärgern.
»Du verstehst ja doch kein Wort!« sagte er spöttisch.
»Dann nehm ich ein Wörterbuch.«
»Schluß jetzt!« Mama schwang drohend die Schöpfkelle.
Blöd, daß sich Carina ausgerechnet jetzt mit Björn streiten mußte. Eigentlich hätte sie ihn zum Übersetzen brauchen können, aber nun war sie zu stolz, um ihn noch darum zu bitten.
Es war schon schwierig genug, diese merkwürdige Handschrift zu entziffern.
Aber Carina war ja ehrgeizig, und sie blätterte so lange in den Wörterbüchern, bis sie den Brief zum größten Teil übersetzt hatte. Es fehlten nur ein paar Kleinigkeiten.
Über Indianer stand nichts drin.
Es stand drin, daß Tessa eine Katze namens Jojo hatte. Ihr Großvater wohnte so richtig auf dem Land und besaß Pferde, auf denen Tessa reiten durfte, wenn sie zu Besuch kam. »Auf dem Land« war in Amerika nicht so brav und langweilig wie in Deutschland. Da konnte es richtig wild zugehen, mit Rinderherden und Kakteen, Klapperschlangen und roten Felsen. Carina hatte das schon oft im Film gesehen.
Björn kannte vielleicht die Sänger und Musikgruppen, die Tessa unter der Überschrift »Was ich besonders mag« nannte.
Gerade steckte er seinen Kopf durch die Tür.
»Soll ich nicht doch helfen?«
Es klang nicht überheblich, sondern eigentlich ganz lieb. Also gab Carina ihren Stolz auf (man brauchte so etwas nicht immer bis zum bitteren Ende durchzuhalten, schon

gar nicht, wenn man noch ein Kind war) und machte zustimmend: »Mhm.«
Björn schmiß sich schwungvoll auf ihr Bett. Offensichtlich hatte er schon wieder vergessen, daß der Lattenrost leicht durchbrach, wenn man beispielsweise einen Salto aufs Bett schlug oder mit den Füßen draufsprang. Carina zuckte zusammen und setzte sich vorsichtig daneben.
»Darf ich mal lesen?« fragte er bescheiden.
Carina hielt ihm den Brief hin. Entweder konnte Björn sehr gut Englisch, oder er wollte sich keine Blöße geben. Jedenfalls las er das ganze Blatt innerhalb kürzester Zeit durch, legte dabei eine wissende kleine Falte auf die Stirn und nickte ein paarmal.
Nur an einer Stelle schnaufte er verächtlich.
»Was ist?« fragte Carina und war schon wieder ganz gereizt.
»Schnulzen«, brummte Björn. »Kinderkram.«
Er meinte Tessas musikalische Vorlieben.
»Besser als deine Stampfkrachmusik«, gab Carina zurück, obwohl sie Tessas Lieblinge selber gar nicht kannte.
Offenbar wollte Björn sich nicht schon wieder mit ihr streiten, denn er überging diese Bemerkung, ohne auch nur eine Augenbraue hochzuziehen.
Er las den Brief zu Ende und gab ihn Carina zurück.
»Klingt ganz nett«, sagte er versöhnlich. »Mußt du noch was wissen?«
»Nö.« Das, was Carina noch wissen wollte, konnte ihr Björn auch nicht sagen. Das stand in diesem Brief gar nicht drin. Tessa hatte einen ganz einfachen Brief geschrieben, so ähnlich wie Carina.
Wahrscheinlich dachte sie, daß Carina nichts anderes verstehen würde.

Carina seufzte.

»Ich muß ganz schnell viel Englisch lernen«, sagte sie.

»Dann mußt du Vokabeln pauken«, riet Björn. »Grundwortschatz. Den kann ich dir leihen.«

Er ging das Buch gleich holen und warf es Carina von der Tür aus in hohem Bogen zu.

Carina legte sich auf den Bauch und blätterte die Vokabellisten durch.

Wenn sie jeden Tag eine Seite davon lernte, dann kannte sie nach wenigen Wochen schon so viele Wörter, daß sie lange Briefe schreiben konnte. So einfach war das.

Wenn sie jeden Tag zwei Seiten lernte, ging das sogar noch schneller.

Carina kriegte richtig Herzklopfen, als sie sich das ausrechnete. Mit jedem Wort würde das Bild von Tessa und ihrer Familie, von Arizona und von den Pferden des Großvaters in ihrer Vorstellung klarer werden. Jede Vokabel brachte sie den roten Felsen eine Spur näher.

Aber gleichzeitig lud sie schwere Schuld auf sich. Freiwillig Vokabeln lernen, das tat nur ein Streber, dafür gab es nun wirklich keine Entschuldigung mehr. Wenn die anderen das rauskriegten, dann war Carina für alle Zeiten erledigt.

Carina zog unschlüssig ihren Daumen über die Buchkante.

Immerhin war Tessa ihre Freundin, die einzige Freundin, die sie im Moment hatte. Das war wichtiger als fünfundzwanzig Mitschüler, die sie ja sowieso nicht leiden konnten, wie jeder auf dem Psychogramm gesehen hatte.

Carina malte in Gedanken einen langen, durchgezogenen Pfeil bis zum Meer, über den ganzen Atlantik hinweg, dann durch halb Amerika bis nach Winslow, Arizona.

Daran hatte Herr Krems mit seiner Wissenschaft nicht gedacht: daß es auch Pfeile nach draußen geben konnte. Sie stand auf, fischte einen türkisblauen Reißnagel aus dem Reißnagelglas und pinnte das Foto von Tessa über ihren Schreibtisch. Dann legte sie sich wieder bäuchlings aufs Bett und schlug die erste Seite auf:
»*ability*. Fähigkeit, Klugheit; *able*, fähig, klug«.

Marmorkuchen

»Du könntest dir allmählich mal überlegen, wen du zu deinem Geburtstag einladen willst«, sagte Mama.
Draußen waren nämlich schon die Schneeglöckchen verblüht, und die Amselmännchen fielen wütend über die gelben Krokusblüten her.
Merkwürdig, daß gerade die Ereignisse, auf die man sich früher besonders gefreut hatte, sich nun in Themen verwandelten, an die man lieber nicht erinnert wurde, fast wie Termine beim Zahnarzt.
Mama meinte es natürlich gut. Carina hatte schon lang nicht mehr gesagt, daß sie die Schule wechseln wollte. Also konnte Mama davon ausgehen, daß alles einigermaßen normal weiterlief. Davon abgesehen, daß Carina sich nie mit Freundinnen traf, aber sie war schon immer ein bißchen eigen gewesen. Mama konnte nicht wissen, daß Carina an den meisten Schultagen kein einziges Wort mit einem Klassenkameraden wechselte. Und deshalb gab es für sie auch keinen Grund, warum Carina dieses Jahr auf ihr gewohntes Geburtstagsfest verzichten sollte.
»Ich bin doch schon zu alt für Kindergeburtstage«, sagte Carina gänzlich unerwartet. »Schließlich werde ich dreizehn.«

Mama klapperte erstaunt mit den Augendeckeln, und Björn ließ ein höhnisches »Hört, hört« vernehmen.
»Kein Mensch feiert in dem Alter noch Kindergeburtstag!« fuhr Carina fort. Jetzt war ihr schon alles egal.
»Und wie feiern die *Jugendlichen* dann?« wollte Mama wissen.
»Gar nicht«, log Carina. »Die tun einfach so, als wär nichts.«
»Quatsch«, kommentierte Björn. »Die laden ein paar befreundete Hühner ein, trinken Tee und gackern einen Nachmittag lang. Dazu sind sie nie zu alt.«
Carina warf Björn einen vernichtenden Blick zu, aber Mama nahm diesen Hinweis dankbar entgegen.
»Das kannst du doch auch«, sagte sie und verbesserte sich schnell: »Ich meine, lad doch ein paar von den Mädchen ein. Ihr braucht ja keine Gesellschaftsspiele mehr zu machen. Das kann ich schon verstehen, daß euch das jetzt zu kindisch ist.«
Carina traten Tränen in die Augen. Die schönen Kindergeburtstage! Alles, was Spaß machte, war von einem Moment zum anderen zu »kindisch«.
»Eigentlich wart ihr letztes Mal schon ein bißchen groß dafür«, sagte Mama jetzt sogar.
»Ich lade dieses Jahr überhaupt niemanden ein!« sagte Carina laut.
»Unsinn!« Mama wurde ganz böse. »Dann sind die anderen Kinder wieder eingeschnappt. Du mußt schon ein bißchen darauf achten, daß du dich an die Regeln hältst, sonst brauchst du dich nicht zu wundern, wenn dich keiner mag.«
»Dann sind sie eben eingeschnappt!« schnauzte Carina und rannte auf ihr Zimmer. Sie schmiß sich so heftig auf

ihren Schreibtischstuhl, daß der mit ihr eine halbe Umdrehung machte. Da hing der Kalender. Es waren nur noch ein paar Tage bis zu ihrem Geburtstag. Harmlose schwarze Zahlen, und darüber das Foto eines aufgeplusterten Rotkehlchens im Futterhäuschen. Carina drehte sich auf ihrem Stuhl hin und her und hin und her und machte dabei die Augen zu. Wenn sie das eine Zeitlang durchhielt, dann wußte sie irgendwann nicht mehr, wo vorne und hinten war, und noch eine Weile später fühlte es sich so an, als hebe der Stuhl mit ihr vom Teppich ab und schwebe langsam davon.

Es gab verschiedene Lösungen. Die einfachste war, auf der Stelle, spätestens aber am Geburtstag krank zu werden, so daß die Feier ausfallen konnte. Am besten so schwer krank, daß sich alle vor Reue die Haare raufen mußten, weil sie nicht netter zu ihr gewesen waren: »Und das an ihrem Geburtstag!«

Eine weitere Möglichkeit war, am Geburtstag einfach so zu tun, als wäre es ein Tag wie jeder andere. Zumindest in der Schule. Anja wußte, daß Carina Geburtstag hatte, aber von den anderen hatte bestimmt keiner das Datum im Kopf. So konnte dieser Morgen einfach vorübergehen, ohne daß jemandem auffiel, daß niemandem Carinas Geburtstag auffiel.

Vielleicht fand sich auch doch noch jemand, den sie einladen konnte, Nicole zum Beispiel, weil die auch niemand so richtig mochte. Vielleicht auch Nelle, die hatte Carina in den letzten Wochen beim Basketball ein paarmal den Ball abgegeben. Carina malte sich diesen Geburtstagskaffee aus: Nicole würde wahrscheinlich kein einziges Stück Kuchen essen, denn sie wollte unbedingt abnehmen. Sicher dachte sie, die anderen würden sie dünner lieber mögen. Und Nelle, der fiel nie irgendwas ein, was sie sagen sollte. Nein, das konnte kein fröhlicher Geburtstagskaffee werden. Dann doch lieber nur Johnny, dem schmeckte garantiert alles, was vom Tisch fiel, und er schaute auch nie verlegen, wenn der Gesprächsfaden riß. Ob wenigstens Tessa an ihren Geburtstag denken würde? Carina hatte das Datum ja vorsichtshalber gleich in ihrem ersten Brief angegeben, denn es blieb nicht mehr viel Zeit, und sie wünschte sich dringend einen Geburtstagsbrief aus Amerika. Blöd war, daß die Briefe aus Amerika mehrere Tage brauchten. Tessa konnte die Laufzeit unmöglich so genau berechnen, daß ein Brief wirklich an Carinas Geburtstag ankam.

Mama drängte glücklicherweise nicht mehr. Am Tag vor dem Geburtstag ging sie mit Carina in die Stadt, um ihr ein Geschenk zu kaufen: ein Paar neue Sportschuhe. Die mußte Carina anprobieren, sonst paßten sie womöglich nicht. Es war dann natürlich keine Überraschung mehr, aber was nützte die ganze Überraschung, wenn sie nach jeder Sportstunde mit Blasen an den Füßen aus der Halle humpelte. Daß sie ihr Geschenk schon kannte, war in diesem Fall auch nicht so schlimm, weil das sowieso kein richtiger Geburtstag werden konnte.

Carina hatte beschlossen, in der Schule so zu tun, als sei es ein ganz normaler Tag. Vielleicht ging es ja gut, und auch Anja vergaß den Geburtstag. Carina übte, starrte den zwölften März auf dem Kalender so fest an, daß ihr die Augen tränten, und sagte immer und immer wieder zu sich selbst: »Ein ganz normaler Tag.«

In der Stadt trafen sie die Ruperts mit Johnny. Der gebärdete sich wie wild, als er Carinas Geruch in die Nase bekam. Herr Rupert konnte ihn kaum halten.

»Aus, Johnny, aus!« brüllte er. Aber Johnny schleppte ihn bis zu Carina und sprang an ihr hoch, so daß sie beinahe umfiel.
»Runter, Johnny, runter!« brüllte Herr Rupert und ruckte heftig an der Leine.
Johnny kümmerte sich überhaupt nicht um sein Herrchen. Er wollte durchaus nicht ohne Carina weitergehen. Herr Rupert mußte ihn die ersten paar Schritte richtig hinter sich herschleifen. Dann erst setzte Johnny seine eigenen Beine in Bewegung, drehte aber alle zwei Meter den Kopf und sah Carina bittend an.
Es tat ihr in der Seele weh.
»Es ist nun mal sein Hund!« sagte Mama.
Mich mag er aber mehr, dachte Carina. Sie sprach es jedoch nicht aus. Mama wäre es bestimmt lieber gewesen, Carina wäre bei ein paar Mitschülern so beliebt wie bei Johnny.
»Ich habe eine wunderbare Idee!« sagte Mama, als sie ein Stück weitergegangen waren. »Wenn du schon niemanden zum Geburtstag einladen magst, dann backe ich heute abend noch einen Kuchen, und den nimmst du morgen für die ganze Klasse mit in die Schule.«
Carina blieb einen Moment lang die Luft weg.
»Nö!« war alles, was ihr spontan dazu einfiel. Wilde Entschlossenheit lag in ihrer Stimme, aber das beeindruckte Mama nicht.
»Doch, genau das werden wir machen!« Mama war so begeistert von ihrer Idee, daß sie sofort auf das nächste Lebensmittelgeschäft zusteuerte. »Eier haben wir noch, Mehl auch, aber der Zucker reicht wahrscheinlich nicht mehr. Marmorkuchen, was hältst du davon? Der läßt sich leicht transportieren und schmeckt jedem . . .«

»Die essen keinen Kuchen!« protestierte Carina ohne jede Hoffnung. »Die achten jetzt alle auf ihre schlanke Linie!«
»Unsinn!« Mama hörte überhaupt nicht zu. »Ich muß die größere Backform nehmen, sonst reicht der überhaupt nirgends hin. Kriegt sowieso jeder nur ein schmales Stück. Na, es geht ja auch mehr um die Geste...«
Carina wachte in dieser Nacht immer wieder auf und hoffte, es sei schon übermorgen. Aber als Mama in der ersten Dämmerung die Tür öffnete und an ihr Bett kam, waren ihre ersten Worte:
»Herzlichen Glückwunsch zum Geburtstag!«
Es gab kein Entkommen.
Der Kuchen stand bereits in Alufolie eingepackt auf dem Küchentisch gleich neben dem Pausenbrot, damit Carina auch ja nicht vergaß, ihn mitzunehmen. Vor Carinas Platz brannte eine Kerze. Papa hatte irgendwo blühende Forsythienzweige abgebrochen und sie in eine kleine Vase gestellt. Außer den Sportschuhen, die sie sich selber ausgesucht hatte, kriegte Carina noch ein Buch über Indianer und ein T-Shirt mit einem kulleräugigen Teddybären drauf, das in der Klasse garantiert alle kindisch finden würden. Carina fand es schön. Es war überhaupt ein ganz schönes Geburtstagsfrühstück, und sicherlich hätte Carina diesem Morgen in der Schule einigermaßen gefaßt entgegengeblickt, wäre da nicht dieser blöde Kuchen gewesen.
»Ich hab dir auch ein Messer eingepackt«, sagte Mama. »Und Servietten. Ihr müßt ihn eben aus der Hand essen.«
Carina nickte. Aller Widerstand war zwecklos. Mama war sich wohl ganz sicher, daß dieser Kuchen Carina retten würde. Vielleicht würde sie sogar wieder Klassenspre-

cherin, so einen guten Marmorkuchen backte Carinas Mutter. Die stellte sich das so einfach vor.
Kaum war Carina außer Sichtweite des Hauses, nahm sie den Kuchen aus der Stofftasche, in die Mama ihn gepackt hatte, und stopfte ihn obenauf in ihre Schulmappe. Das tat ihm bestimmt nicht gut, aber auf diese Weise fiel er nicht gleich auf, wenn sie zur Tür hereinkam. Damit gewann sie Zeit. Sie konnte unauffällig ins Klassenzimmer huschen und den Kuchen unter ihre Bank schieben, bevor sie die Bücher und Hefte auspackte.
Anja fehlte. Schon in den letzten Tagen hatte sie einen ziemlich verschnupften Eindruck gemacht, und nun hatte die Grippe wohl ihre letzten Widerstandskräfte besiegt. Anja kriegte um diese Jahreszeit regelmäßig eine Grippe. Dann war sie eine Woche nicht in der Schule. Früher war das für Carina eine der traurigsten Wochen des Jahres gewesen. Sie mußte allein am Tisch sitzen und konnte Anja keine verschwörerischen Blicke zuwerfen. Aber nun, wo sie sowieso jeden Tag allein saß, kam ihr Anjas Grippe gerade recht.
Ansonsten hatte sich allerdings so ziemlich alles gegen sie verschworen. Gleich in der ersten Stunde bekamen sie ein Französischdiktat zurück, in dem Carina fehlerlos abgeschnitten hatte. Das wäre nicht weiter schlimm gewesen, wenn Herr Roser nicht alle auf diese besonders gelungene Arbeit hingewiesen hätte.
Der Kuchen dünstete unter Carinas Pult durch die Alufolie hindurch ein süßliches Aroma aus. Carina wurde fast übel davon. Das ganze Klassenzimmer mußte schon von diesem Geruch erfüllt sein. Jeden Moment würde sich jemand umdrehen und sie durchdringend ansehen. Geruch konnte man nicht verstecken.

In der kleinen Pause ging sie zum Mülleimer, um ihren Bleistift anzuspitzen, und trat dabei aus Versehen auf Sandras Schal, der von ihrer Stuhllehne herab bis auf den Boden hing. Auf dem weißen Stoff zeichnete sich ein deutlicher Fußabdruck ab.
»Hast du keine Augen im Kopf?« fauchte Sandra.
Bevor sie es sich überlegen konnte, hatte Carina im gleichen Tonfall zurückgefaucht: »Im Kopf schon, aber nicht in den Füßen!«
»Blöde Kuh!« Das war immer das letzte, was Sandra einfiel.
Prima Geburtstagsstimmung.
Immerhin waren es noch zwei Schulstunden bis zur großen Pause. In der Zeit konnte sich die Situation noch beruhigen. Dann würde Carina den Kuchen unter ihrer Bank hervorzaubern, auspacken, alle würden schon ganz hungrig hinschauen, und Carina würde den Kuchen in lauter dünne Scheiben schneiden, damit es für alle reichte, und ganz lässig sagen:
»Will jemand?«
Carina sah den aufgeschnittenen Kuchen vor sich. Und plötzlich sah sie etwas ganz anderes vor sich: die ablehnenden Gesichter der anderen.
Wenn nun keiner ein Stück nehmen wollte?
Wenn sie Carina einfach dasitzen ließen mit ihrem blöden Marmorkuchen, bis sie schwarz wurde?
Das brachten die fertig.
Carina lief beim bloßen Gedanken rot an. Diese Blamage würde sie nie vergessen. Nach so einem Vorfall reichte es nicht mal mehr, die Schule zu wechseln. Da konnte man nur nachts über die Grenze gehen und ein neues Leben in einem auf der anderen Seite der Welt gelegenen Land beginnen. Am besten auf einer Insel.

An so was dachten Mütter natürlich nicht. Die gingen davon aus, daß Kinder jedes Stück Kuchen nahmen, das man ihnen anbot. Besonders, wenn es sich um so guten Marmorkuchen handelte.
Aber nichts ließ sich berechnen, wenn sie, Carina, diesen Kuchen anbot.
Schon sah sie sich den ganzen Kuchen wieder einpacken, die Alufolie mühsam drumwickeln, sah Mamas vorwurfsvolle Augen, spürte ihre Entrüstung, ihre Enttäuschung. Nicht mal das schaffte Carina, ihr Verhalten war so unannehmbar, daß ihre Mitschüler nicht mal ein Stück Kuchen von ihr annahmen. Sie mußte eine schwere Schuld auf sich geladen haben, wenn die Feindschaft so weit ging.
Carina wurde es ganz schwindlig.
Vielleicht ergab sich ja doch eine günstige Gelegenheit, wenn sie noch abwartete.
Die große Pause war keine günstige Gelegenheit. Alle rannten aus dem Raum, bevor Carina auch nur »Piep« sagen konnte.
Jetzt blieb noch die kleine Pause zwischen der fünften und der sechsten Stunde. Da hatten die meisten schon einen Bärenhunger.
Aber es lief alles schief. In der fünften Stunde hatten sie Deutsch, und am Ende sagte Herr Weidinger zu Carina: »Bringst du Anja die Hausaufgaben?«
»Ich ... weiß nicht!« stotterte Carina völlig überrascht.
Lisa meldete sich. »Das mach ich!«
»Mir ist gleich, wer das macht«, sagte Herr Weidinger. »Nur vergeßt sie nicht.«
Lisa ging nach vorne und holte das Formular. Dabei warf sie Carina einen so triumphierenden Blick zu, daß die unter dem Tisch ihre Hände zu Fäusten ballte.

Natürlich machte kein Mensch Hausaufgaben, wenn er krank war. Aber es gab die offizielle Anordnung, daß kranke Schüler über die Hausaufgaben informiert werden mußten. Auf diese Weise kriegten sie immerhin jeden Tag Besuch.
Es klingelte.
Lisa füllte den Hausaufgabenzettel für Anja aus.
Der jetzt auch noch ein Stück Kuchen anbieten?
Aber Mama hatte ihn doch extra gebacken.
Angerührt, in den Ofen geschoben, wieder herausgeholt, aus der Form gehoben, in Alufolie eingepackt, das Messer dazugelegt und die Servietten, alles nur, damit Carina wieder beliebter werden konnte.
Und nun saß die wie steif gefroren da, lächelte nicht mal, wie sich das für eine Gastgeberin gehörte. Sie saß einfach da und rührte sich nicht, und schon wieder klingelte es, und die letzte Stunde begann.
»Du bist aber sehr blaß«, sagte Frau Seibold. »Werd bloß nicht krank. Es geht gerade eine Darmgrippe um.«
Carina wollte im Erdboden versinken.
Eine appetitlichere Epidemie war Frau Seibold wohl nicht eingefallen. Jetzt würde sowieso niemand mehr ein Stück Kuchen von ihr annehmen. Die hatten bestimmt alle Angst, sie könnten sich anstecken.
Die letzte Stunde verging wie im Halbdunkel, und als alle ihre Jacken anzogen, saß Carina immer noch vor ihrem Tisch, unter dem der Kuchen ungerührt hervorduftete.
Was jetzt?
Den Kuchen wieder mit nach Hause nehmen?
Das war unmöglich. Sie konnte Mama auf gar keinen Fall erzählen, daß sie noch nicht einmal den Versuch unternommen hatte, den Kuchen zu verteilen.

Das würde sie nie verstehen.
Carina verstand es genaugenommen selber nicht.
Sie konnte ihn vielleicht in ihrem Zimmer verstecken und nach und nach heimlich aufessen, bis kein Krümel mehr übrig war und sie die Alufolie in den Sammelbehälter der Schule werfen konnte.
Aber sie wußte genau, daß ihr der Kuchen im Hals stekkenbleiben würde, und das nicht, weil Mama so einen schlechten Kuchen backte.
Wegschmeißen kam auch nicht in Frage. Carina kannte die Geschichte von dem eitlen Mädchen, das über ein Brot gelaufen war, um sich die neuen Schuhe nicht schmutzig zu machen. Das Brot war mit dem Mädchen auf direktem Weg in die Hölle gesunken.
Sie kam dann wieder frei, weil sie es furchtbar bereute, und außerdem war es nur ein Märchen, aber trotzdem: Essen wegschmeißen war etwas ganz Schlimmes, schlimmer noch als Lügen.
Am Ende ließ Carina den Kuchen einfach unter ihrer Bank liegen. Sollten die Putzfrauen doch davon essen, wenn sie zum Saubermachen kamen. Denen backte sicherlich selten jemand einen Kuchen.
Diese Idee besänftigte Carinas schlechtes Gewissen ein wenig. Sie schrieb: »Bitte bedienen Sie sich!« auf einen Zettel und klemmte ihn unter den Kuchen.
Dann schlich sie nach Hause. Der Kuchen ließ sie nicht los. Bestimmt war alles falsch gewesen. Bestimmt hatte sie die einzige Chance verpaßt, sich mit den anderen zu versöhnen, Frieden zu schließen. Bestimmt hätten sich alle gefreut, denn Marmorkuchen schmeckte ja jedem, und nach der fünften Stunde hatten alle Hunger.
Es hätte bestimmt alles wieder gut werden können.

Erst kurz vor der Haustür setzte Carina eine fröhliche Geburtstagsmiene auf, so gut sie das eben konnte.
Es war keine Glückwunschkarte aus Amerika da.
»Klar haben sie sich gefreut«, sagte Carina auf Mamas Nachfrage.
Mama machte ein sehr zufriedenes Gesicht.
Zum Kaffee gab es glücklicherweise keinen Marmorkuchen, sondern Schwarzwälder Kirschtorte, von der man immer nur zwei ganz kleine Stücke essen konnte, weil einem sonst furchtbar übel wurde. Nur für Björn galt diese Regel nicht. Der futterte drei ziemlich große Stücke in Windeseile auf und fragte dann: »Und von dem Marmorkuchen ist gar nichts übrig?«
»Was glaubst du denn?« Mama lachte. »Ein einziger Kuchen für eine ganze Schulklasse. Hast du überhaupt selber ein Stück abgekriegt?«
»Jaja«, murmelte Carina.
Zum ersten Mal in ihrem Leben war Carina froh, daß ihr Geburtstag auch nur ein Tag mit vierundzwanzig Stunden war. Sogar weniger, wenn man rechnete, daß sie erst gegen sieben Uhr aufgestanden war und um zehn schon wieder schlafen ging.
Aber doch etwas länger, wenn man rechnete, daß Carina noch lange nach Mitternacht wach lag und an Mamas Marmorkuchen dachte.
Vor dem Einschlafen mußte Carina jedenfalls in ihr Alltags-Tagebuch schreiben. Eigentlich war ein Geburtstag nicht Alltag, aber er paßte auch in keins von den anderen Tagebüchern. Und es lohnte sich nicht, ein eigenes Geburtstags-Tagebuch anzufangen wegen dem einen Tag im Jahr. An ihrem Geburtstag hatte Carina noch jedes Jahr Tagebuch geschrieben, seit sie schreiben konnte jeden-

falls. Und sie dachte gar nicht daran, mit dieser Gewohnheit an ihrem dreizehnten Geburtstag zu brechen.
Mit grimmiger Miene fing sie an: »Papa hat mir zum Frühstück Forsythien gepflückt.«
Aber in ihrer Fantasie leuchtete nicht der Forsythienstrauch, sondern die Aluhülle um den Marmorkuchen.
Wenn sie Glück hatte, würde sie morgen unter der Bank nur noch ein paar Krümel vorfinden, vielleicht auch einen Zettel, auf dem stand: »Vielen Dank, hat sehr gut geschmeckt.«
Das war zwar dann auch nicht genau das, was Mama sich vorgestellt hatte, aber der Kuchen war immerhin nicht verschwendet.
Aber am nächsten Morgen steckte der Marmorkuchen noch in voller Länge unter der Bank. Das Funkeln der Alufolienhülle kam Carina richtig bösartig vor. Vielleicht hätte sie das Messer dazulegen müssen, damit sich die Putzfrauen ein Stück abschneiden konnten.
Vielleicht dachten die aber, der Kuchen sei vergiftet. Sie kamen aus Jugoslawien und der Türkei und hatten bestimmt allen Grund, deutschen Schülern zu mißtrauen. Erst vor kurzem hatte irgend jemand »Ausländer raus« an die Schulwand geschmiert, mit roter Farbe, die der Hausmeister ein paarmal übermalen mußte.
Herr Weidinger hatte daraufhin eine Deutschstunde ausfallen lassen. »Wir werden jetzt mal über Ausländerfeindlichkeit reden«, hatte er gesagt. »Es sieht so aus, als wäre das nötig.«
Es war eine von Herrn Weidingers berühmten Diskussionen, bei denen nie was rauskam.

»Ich hab im Klassenbuch gelesen, daß du gestern Ge-

burtstag gehabt hast«, sagte Nicole. »Herzlichen Glückwunsch nachträglich.« Sie kicherte verlegen.
Carina starrte sie verwirrt an.
»Danke«, sagte sie. »Willst du ein Stück Kuchen?«
»Nein, nein«, wehrte Nicole schnell ab. »Ich mach Diät.« Sie biß tapfer in ein doppeltes Knäckebrot, daß es krachte.
»Ich hab gestern gar niemanden eingeladen«, erklärte Carina. Nicole dachte womöglich, sie sei nicht eingeladen worden, weil sie so dick war.
Nicole nickte. Sie sah ein bißchen unglücklich aus, aber das konnte auch am Knäckebrot liegen.
»Ich hab einen Hund«, sagte Carina zu ihrer eigenen Überraschung. »Nicht richtig. Nur zum Spazierengehen. Willst du mal mitkommen?«
In Nicoles Miene spiegelte sich ein Konflikt. Carina konnte richtig sehen, wie sie verschiedene Gewichte auf ihre Entscheidungswaage legte, bis eine Seite endgültig kippte.
»Och ja«, sagte Nicole dann zögernd. »Ich komm schon mal mit.«
Sie verabredeten sich für Donnerstag. Das war das erste gute Ereignis an diesem Tag. Das zweite war die Glückwunschkarte aus Amerika. Es war ein Snoopy drauf, und Carina liebte Snoopy. Sie würde sich also mit Tessa blendend verstehen, wenn sie erst einmal genügend Englisch konnte.
Inzwischen war sie bei »*cottage*, Häuschen, Hütte« bis »*dark*, dunkel, Dunkelheit« angelangt.
Erst zweimal hatte sie ihr Vokabelprogramm nicht erfüllt: an ihrem Geburtstag und einmal, weil sie sich für eine Arbeit so viele Französischvokabeln merken mußte und nicht alles durcheinanderbringen wollte.

Im Unterricht fiel natürlich auf, daß Carina sich über die Maßen für Englisch interessierte. Wenn Frau Seibold eine Frage stellte, verwendete Carina in ihrer Antwort manchmal aus Versehen ein Wort, das sie noch gar nicht kennen durfte. Das nervte die anderen. Sie mußten in so einem Fall nachfragen, denn Frau Seibold merkte es von allein nicht. Natürlich war das blöd, aber Carina konnte unmöglich auseinanderhalten, was sie in der Schule gelernt hatte und was zu Hause. Und sie konnte ganz unmöglich darauf warten, bis sie in der Schule genug Englisch gelernt hatte. Bis dahin war sie alt und grau, und Tessa hatte womöglich einen Freund und interessierte sich gar nicht mehr für ihre Brieffreundin in Deutschland. Bei den amerikanischen Schülern ging das früh los, das konnte man in den Fernsehserien sehen.
Am Donnerstag nachmittag klingelte Carina wie verabredet mit Johnny an Nicoles Tür.
Der arme Johnny! Dem hatten die Ruperts jetzt ein Würgehalsband verpaßt, damit er nicht so an der Leine riß. Er hatte sich noch nicht daran gewöhnt, und dauernd schnürte ihm das Halsband die Luft ab, so daß er mitleiderregend keuchte und ihm die Augen aus dem Kopf traten. Carina war sehr wütend auf die Ruperts. Sie hätte gern mal Herrn Rupert selber in so ein Halsband gesteckt und ihn ein bißchen an der Leine rumgezogen.
Nicoles Mutter machte die Tür auf und sagte: »Um Gottes willen«, als sie Johnny sah.
»Ich bin mit Nicole verabredet«, sagte Carina.
»Warte hier!« Es war ein Befehl. Nicoles Mutter verschwand im Innern des Hauses.
Wenn Carina Begeisterungsstürme erwartet hatte, dann wurde sie gründlich enttäuscht. Nicole sagte zwar nicht

»Um Gottes willen«, aber sie kriegte ganz große Augen und wich zurück, als Johnny zur Begrüßung auf sie zuhopste.
Sie kam trotzdem mit, weil sie bei ihrer Diät auch Bewegung brauchte.
Sechs Pfund hatte sie schon abgenommen.
»Das ist ganz schön viel!« sagte Carina anerkennend und zog Johnny von ein paar zerquetschten Pommes weg, nach denen er seine Nase reckte.
Es wurde ein recht gemütlicher Spaziergang, denn rennen wollte Nicole nicht, obwohl man dabei noch viel mehr Kalorien verbrannte als beim langsamen Gehen. Sie wollte auch nicht Johnnys Leine halten, was Carina nicht weiter störte.
Ein bißchen mehr störte sie schon, daß Nicole ihr nicht richtig zuhörte. Selber sagte sie auch nicht viel. Carina redete aus Verlegenheit wie ein Wasserfall. Es war ein bißchen gefährlich, denn sie wußte nicht, wie gut sich Nicole mit den anderen verstand. Sie durfte jedenfalls nichts Falsches sagen, was die dann weitererzählen konnte. Mama warnte sie immer davor, jemandem etwas Persönliches zu erzählen, wenn man nicht wußte, ob der es nicht weitererzählen würde.
Aber Nicole hörte ja nicht mal richtig zu. Sie starrte dauernd so angespannt auf Johnny, als könnte sie ihn durch Gedankenübertragung von sich fernhalten.
Carina wollte sie von Johnnys Harmlosigkeit überzeugen und führte ihre Übungen vor: Sitz, Platz und Bei Fuß. Es klappte alles hervorragend. Carina war sehr stolz auf Johnny.
Nicole sagte: »Toll.« Es interessierte sie aber nicht richtig. Mit Anja wäre alles ganz anders gewesen.

Jedenfalls mit der alten Anja.
Na, immerhin! Dieser Spaziergang hatte eine Verbindung zwischen Nicole und Carina hergestellt. Freundschaft war es nicht, aber zumindest konnte Carina morgens, wenn sie in die Klasse kam, Nicoles Gesicht suchen und ihr grüßend zunicken.
Es war eine Verbesserung, denn sie grüßte schon lange niemanden mehr.

Als Carina im Grundwortschatz bei »*face*, Gesicht, Oberfläche, Ziffernblatt« angekommen war, lag der Kuchen immer noch unter ihrer Bank. Er war so trocken, daß er sich wie ein Backstein oder wie ein richtiger Brocken Marmor anfühlte.
Am nächsten Tag war er verschwunden.
Einige Tage lang wartete Carina darauf, daß sie zum Direktor bestellt würde, weil sie einen ganzen Kuchen hatte unter ihrer Bank verschimmeln lassen, und das, wo überall auf der Welt die Kinder verhungerten.
Aber es geschah nichts.
Und Mama war sehr zufrieden, weil Carina mit Nicole spazierengegangen war.
»Mein Marmorkuchen ist eben unübertroffen!« Sie lachte.
Carina sagte nichts.
Es gab Dinge, die schrieb sie vorsichtshalber noch nicht einmal in ihr Tagebuch.

Tagebuch

Hallo, es ist Dienstag, achter August, kurz nach zwei. Ich hab so lang nicht mehr in dieses Tagebuch geschrieben, meistens nur in das mit Johnny. Die letzte Eintragung in diesem Tagebuch ist von meinem Geburtstag. Das ist schon fast ein halbes Jahr her. Es ist nichts Besonderes passiert, ich hab viel gelesen und war oft mit Johnny weg und so. Jetzt haben wir Sommerferien, und mir ist langweilig. Frau Rupert hat Johnny zu ihrer Schwester mitgenommen. Gleich zu Anfang der Sommerferien waren wir zwei Wochen in Spanien. Da habe ich auch Tagebuch geschrieben, aber das ist ja ein anderes. Ich hatte einen üblen Sonnenbrand. In der Wohnung nebendran haben auch Deutsche gewohnt, mit einer Tochter, die ist ein Jahr älter als ich. Mit der habe ich viel unternommen. Frisbee gespielt und mit den Luftmatratzen auf dem Meer gepaddelt. Sie heißt Julia. Sie hat gesagt, sie schreibt mir, aber bisher hat sie nicht geschrieben. Ich hab ihr geschrieben. Sie wohnt in Norddeutschland. Zu weit zum Besuchen. Wenn sie hier wäre, würde ich mit ihr in den Wurzelwald fahren. Ich war mit Nicole da, aber die hatte Angst vor den Eichhörnchen. Jedenfalls wollte sie nicht, daß sie ihr aus der Hand fressen. Sie sagt, Eichhörnchen haben ei-

nen Haufen Flöhe. Einmal bin ich allein hingefahren, aber da hatte ich selber Angst und bin schnell wieder umgekehrt. In ein paar Tagen kommt Johnny zurück, das ist auch schon was. Ich lerne jeden Tag Englisch. Jetzt bin ich schon beim Aufbauwortschatz, und Grammatik lerne ich auch. Björn hat »Streber« zu mir gesagt, und wir haben so laut gestritten, daß Papa die Treppe raufgekommen ist und uns angeschnauzt hat. Gestern habe ich einen Brief von Tessa gekriegt. Sie hat eine Postkarte mitgeschickt mit roten Felsen drauf. Ich hab ihr irgendwann schon mal geschrieben, daß ich die so schön finde.
In einer Woche fängt die Schule wieder an. Ich habe überhaupt keine Lust mehr, da hinzugehen. Das letzte Schuljahr war so bescheuert. So bescheuert war es in der Schule noch nie. Bis zum Abitur sind es noch sechs Jahre. Ich weiß nicht, wie ich das überstehen soll.
Anja hat eine Postkarte aus Frankreich geschrieben. Mit nichts drauf außer schönen Grüßen. Ich hab ihr nicht geschrieben. Blöde Kuh. Ich hab nur Tessa geschrieben.
Björn war zum ersten Mal nicht mit im Urlaub. Er ist mit einem Freund durch Europa gereist, mit dem Zug. Mama und Papa waren nicht begeistert, aber dafür war Björn begeistert, als er heimkam. Er hat erst mal unheimlich viel gegessen und lang geduscht. Mir hat er aus Portugal einen kleinen schwarzen Hahn mitgebracht. Aus Ton. Der hat gut in den Rucksack gepaßt. Ich würde auch gern mit dem Zug rumfahren. Björns Freund Jochen haben sie dabei das Geld geklaut.
Ich hör jetzt auf. Es ist so langweilig. Mama meint, ich soll ins Schwimmbad gehen, weil ich da bestimmt jemanden treffe, aber ich habe keine Lust. Zum Tagebuchschreiben habe ich eigentlich auch keine Lust mehr.

Kukulcán

Wieder fing ein Schuljahr an, wieder wurde Florian zum Klassensprecher gewählt. Carina schlug diesmal gar niemand mehr vor.

Dafür kam Maribel in die Klasse.

An Maribel fielen auf den ersten Blick gleich mehrere Dinge auf, ihre gleichmäßig braune Haut, ihr langer bunter Rock und der dicke Zopf.

Obwohl sie nun wirklich nicht danach aussah, hatte sie einen ganz deutschen Nachnamen: Brunner.

»Sie kommt mit ihren Eltern gerade aus Guatemala. Ihr Vater hat dort an der deutschen Schule unterrichtet«, sagte Herr Weidinger. Und weil er seinen Schülern offenbar in Sachen Geographie nicht besonders viel zutraute, fügte er hinzu: »Das liegt in Mittelamerika. Südlich von Mexiko.«

Maribel lächelte so breit, daß man ihre spitzen Eckzähne sehen konnte.

»Ein Vampir!« flüsterte Florian.

Es kam nur ein Platz für Maribel in Frage: der neben Carina. Die schob bereitwillig ihre Bücher in einer Ecke zusammen. Endlich wieder eine Tischnachbarin! Maribel gefiel ihr. Sie hatte rote Bäckchen und roch nach Zimt.

»Carina, du kümmerst dich ein bißchen um Maribel«,

ordnete Herr Weidinger an. Und an Maribel gewandt fuhr er fort: »Carina kann dir helfen, wenn du in irgendeinem Fach nicht mitkommst. Sie ist nämlich eine unserer besten Schülerinnen.«
Carina wurde rot, aber Maribel schaute überhaupt nicht verächtlich. Sie zeigte immer noch ihre Eckzähne und nickte mit wippendem Zopf.
»Und sag deinen Eltern, wenn sie dich ins Schullandheim mitfahren lassen, müssen sie dich möglichst schnell anmelden.«
Maribels Zopf wippte. Carina hatte noch nie so einen dikken schwarzen Zopf gesehen.
»Eine Zigeunerin!« flüsterte Sabrina.
»Quatsch! Eine Indianerin!« flüsterte Florian zurück.
Carina hörte es und starrte ihre neue Nachbarin von der Seite an. Eine Indianerin?
Maribel packte in aller Seelenruhe einen Spiralblock und einen silbernen Füller aus und fragte dann in akzentfreiem Deutsch: »Kann ich bei dir reinschauen?«
Es klang gar nicht indianisch. Maribel trug auch keine Mokassins, aber der bunte Rock war schon merkwürdig.
Carina führte Maribel in der großen Pause durch die Schule. Maribel hörte gar nicht auf zu lächeln. Sie fand alles prima: die Fachsäle, das Sprachlabor, die Werkräume. Nur von den Sportanlagen war sie enttäuscht.
»Da hatten wir in Guatemala viel mehr!« sagte sie. »Tennisplätze und ein Schwimmbad.«
Carina sah sie mißtrauisch an. Aber es war zu früh, um festzustellen, ob Maribel die Wahrheit sagte oder sich interessant machen wollte.
»Kommt deine Mutter aus Guatemala?« Carina wollte nicht so direkt nach den Indianern fragen.

»Nein, die ist auch Deutsche«, sagte Maribel. »Meine Großeltern wohnen am Rhein, in der Nähe von Koblenz. Laub heißen sie. Karl und Lena Laub. Das sind ganz deutsche Namen.«
Den letzten Satz betonte sie besonders.
»Und welche Sprache spricht man in Guatemala?«
»Spanisch. Das ist meine zweite Muttersprache.«
Carina nahm sich vor, zu Hause mal wieder in den Atlas zu schauen. Als sie daheim ankam, war Björn schon da.
»Mit wem bist du denn da in der großen Pause rumgelaufen?« fragte er, noch bevor Carina von sich aus irgendwas erzählen konnte.
Carina erklärte es ihm.
»Das ist ja eine Indianerin«, sagte Björn.
»Ist sie nicht«, sagte Carina. »Ihre Eltern sind Deutsche.«
»Quatsch.« Björn grinste. »Die möchte ich sehen. Der fehlt doch nur die Feder im Haar.«
»Lad sie doch mal ein«, schlug Mama vor. Arme Mama, inzwischen glaubte sie wohl doch nicht mehr an die Allmacht ihres Marmorkuchens. Immer noch kriegte Carina keinen Besuch, immer noch rief niemand für sie an.
Björn erzählte Carina manchmal, was die Eltern über sie sagten:
»Daß das nicht gut ist, in deinem Alter. Und Papa hat dann gemeint, du hast keine Probleme in der Schule, weil du immer so gute Noten hast. Und Mama hat gemeint, du hättest ganz andere Probleme als schlechte Noten.«
Als Gegenleistung erzählte Carina Björn auch immer, was die Eltern über ihn sagten, wenn er nicht da war.
Das verlangte die Geschwisterehre.
Noch bevor Carina Maribel einladen konnte, hatte Maribel schon Carina eingeladen.

Na gut, eingeladen war zuviel gesagt. Es ging darum, daß jemand mit Maribel Französisch üben mußte. Carinas Klasse war schon viel weiter als die Klasse in Guatemala. »Papa meint, Französisch lerne ich schnell«, sagte Maribel. »Weil ich doch schon zweisprachig bin. Und Spanisch ist ganz ähnlich wie Französisch.«

Jetzt mußte sie trotzdem erst mal büffeln, um die anderen einzuholen. Und deswegen kriegte Carina den Auftrag, einmal oder zweimal in der Woche mit Maribel zu lernen. Das bedeutete ein oder zwei Tage weniger mit Johnny, aber so einen Auftrag mußte sie ernst nehmen. Es war ein Job, Maribels Eltern gaben ihr sogar Geld dafür. Jetzt konnte sie anfangen, für den Flug nach Amerika zu sparen.

Und außerdem: Maribel interessierte sie. Die war ganz anders.

Maribel wohnte in einem Dorf in den Weinbergen, ein bißchen außerhalb der Stadt. Carina konnte gut mit dem Fahrrad hinfahren.

Sie war sehr gespannt auf die Mutter. Jetzt würde sich ja zeigen, ob die eine Indianerin war oder nicht.

Die Frau, die Carina die Tür öffnete, sah schon mal gar nicht so aus. Sie hatte zwar ziemlich dunkle Haare, aber so schwarz wie Maribels Haare waren sie nicht. Dafür wirkte die Wohnung richtig exotisch: Bunte Webteppiche bedeckten die Wände, die Möbel waren aus dunkel schimmerndem geschnitzten Holz, und in Regalen und Vitrinen standen lauter bemalte Gefäße und Tonfiguren. Es war wie im Völkerkundemuseum.

Maribel brachte ihre Französischsachen ins Eßzimmer, denn da stand ein großer Tisch. Aber Carina war erst mal völlig damit beschäftigt, sich alles anzusehen.

»Wer ist das denn?« fragte sie und deutete auf eine besonders groteske Tonfigur.
»Weiß nicht«, brummte Maribel. »Komm, wir fangen an.«
Aber gerade war die dunkelhaarige Frau wieder ins Zimmer gekommen.
»Kukulcán«, sagte sie. »Das ist eine Darstellung von Kukulcán, dem obersten Gott der Maya. Die Azteken nannten ihn Quetzalcoatl, die gefiederte Schlange.«
Carina starrte fasziniert auf die leeren Augen, die Adlernase und den leicht geöffneten, hohlen Mund.
»War das ein netter Gott?«
»Vielleicht war's gar kein Gott.« Frau Brunner nahm die Figur in die Hand und wischte mit dem Finger eine Staubschicht ab. Carina hätte sich nicht gewundert, wenn die »gefiederte Schlange« sie gebissen hätte.
»Manche Wissenschaftler meinen, Kukulcán war ein ganz normaler Mensch, der sich für die Abschaffung der Menschenopfer einsetzte und schließlich übers Meer verschwand, weil er sein Volk nicht von dieser Tradition abbringen konnte.«
»Komm jetzt!« drängelte Maribel.
Frau Brunner stellte Kukulcán zurück. Er glotzte in die Ferne. Carina mochte ihn nicht. Es konnte ja sein, daß er ein guter Mensch gewesen war, aber diese Augen waren ihr nicht geheuer.
Vielleicht war er mit der Tonfigur auch nur schlecht getroffen.
»Wie schreibt man ›Kukulcán‹?« fragte Carina. Sie wollte sich das Wort unbedingt für ihr Tagebuch merken.
Frau Brunner schrieb es ihr auf.
Es gab Saft und Plätzchen. Später tauchte der Vater aus seinem Arbeitszimmer auf. Er sah ganz wie ein Lehrer,

aber überhaupt nicht wie ein Indianer und auch nicht wie Maribel aus.
Carina mußte daheim alles erzählen.
»Die Eltern sind garantiert keine Indianer«, sagte sie.
»Dann ist sie adoptiert«, sagte Mama. »Da unten gibt es doch so viele arme Kinder.«
»Hat sie aber nicht gesagt.«
»Das würde sie doch nicht so sagen.« Mama schüttelte den Kopf. »Und sprich sie bloß nicht darauf an.«
Jetzt saß Carina in der Schule also wahrscheinlich neben einer adoptierten Indianerin und konnte sie weder auf das eine noch auf das andere ansprechen.
Jedenfalls war Maribel keine Indianerin wie die aus Björns Büchern. Es gab in Lateinamerika nämlich Indianer, die waren ganz anders, die hatten keine Zelte und jagten keine Büffel und trugen Hüte statt Federn. Das wußte Carina jetzt, weil Björn es ihr erklärt hatte.
Auch diese Indianer interessierten Carina. Ihr gefielen die knallig bunten Webteppiche und Maribels Röcke, und die Götterfiguren jagten ihr wohlige Schauer über den Rücken. Jedesmal, wenn sie zu Maribel kam, winkte sie Kukulcán auf seinem Regalbrett zu. Allmählich gewann sie ihn doch lieb. Je öfter sie ihn sah, desto lebendiger wirkte er. Sie hätte sich nicht gewundert, wenn er ihr plötzlich zugezwinkert hätte.
Leider preßte Maribel die Lippen zusammen, wenn Carina sie auf so was ansprach. Dafür war Frau Brunner um so erfreuter über ihr Interesse und führte sie in alle Räume des Hauses. Da gab es jede Menge spannender Sachen: Schlangenhäute etwa, einen Krokodilschädel, geschnitzte Kokosschalen, riesige Muscheln. Und jedes Ding hatte seine Geschichte, die Frau Brunner erzählen konnte.

»Und was für Tiere gibt es in Guatemala?« wollte Carina wissen.
Maribel zuckte die Achseln. »Vögel«, sagte sie.
»Was für welche denn?« Manchmal stand Maribel ganz schön auf der Leitung.
»Ach, alles mögliche halt. Bunte. Papageien.«
Weil Maribel so wenig zu sagen hatte, zweifelte Carina manchmal daran, ob sie tatsächlich aus Guatemala kam. Aber vielleicht interessierte sie sich einfach nicht für Vögel. Auch so was gab's.
Wenn Maribel überhaupt freiwillig etwas erzählte, dann nur von ihrer Schule und von ihren Freundinnen, die alle deutsche Namen hatten. Carina war diese Zurückhaltung ein Rätsel. Bestimmt hatte Maribel eine Menge erlebt! Merkwürdig, daß sie nicht damit rausrückte.
Die bunten Röcke trug sie nur, weil ihre Mutter das gerne wollte. Sagte sie jedenfalls. Die erlaubte ihr auch nicht, den Zopf abzuschneiden. Carina hätte es auch nicht erlaubt. Es war ein so wunderschöner Zopf, so dick, daß man im Notfall damit bestimmt einen Jaguar erdrosseln konnte. Viele Mädchen in der Klasse bemühten sich verzweifelt, ihre Haare lang wachsen zu lassen. Die mußten schon aufgeben, wenn ihre Zöpfe nicht halb so lang waren wie der von Maribel. Wahrscheinlich waren alle kreuzneidisch auf Maribels Zopf.
Solange Carina Maribel nicht unnötig daran erinnerte, daß sie aus Guatemala kam und daß es dort Indianer gab, kam sie sehr gut mit ihr aus. In den ersten Tagen folgte Maribel ihr wie ein Hündchen vom Klassenzimmer in den Biosaal, vom Biosaal in den Schulhof, vom Schulhof wieder ins Klassenzimmer und lächelte fast ununterbrochen so breit, daß man ihre weißen Eckzähne sah.

»Eine Indianerin vom Stamm der Vampire!« sagte Florian. Es war einer seiner Lacherfolge.
Maribel mochte Hunde und hatte vor Johnny keine Angst. Sie kraulte ihm die Brust, bis er sich auf den Rücken legte und mit den dicken Pfoten gegen ihr Gesicht tapste.
»In Guatemala hatte ich auch Hunde«, sagte sie. »Einen Schäferhund und einen Springerspaniel.«
»Und warum habt ihr die nicht mitgebracht?« Carina war ganz erschüttert.
»Ging nicht.« Carina zuckte mit den Schultern. »Wir haben sie hergeschenkt.«
Als Carina das nächste Mal zu Maribel kam, zog diese einen Pappkarton unter ihrem Bett hervor und nahm ein Foto heraus, das sie mit ihren beiden Hunden zeigte.
»Das ist Rambo«, sagte sie und deutete auf den gelben Schäferhund. »Und das mein kleiner Zorro.«
Sie hatte Tränen in den Augen.
Carina hatte Maribel noch nie traurig gesehen und blinzelte verlegen.
»Hast du noch mehr Fotos?« fragte sie, um von den Hunden abzulenken.
Maribel wühlte in dem Pappkarton. Da waren noch jede Menge Fotos drin, aber die wollte sie wohl nicht zeigen. Schließlich zog sie noch eins hervor.
»Das ist unser Haus«, sagte sie.
Es war eine weiße Villa, und ringsrum sah es grün und tropisch aus. Bunte Blüten rankten sich an einer Gartenmauer empor, und an einem Strauch hingen merkwürdige, eiförmige Früchte.
»Toll!« sagte Carina.
Maribel nahm ihr das Foto weg, legte es zurück in den Pappkarton und stülpte entschlossen den Deckel drauf.

Maribel sprach fließend Englisch, aber sie hatte eine ganz andere Aussprache als Frau Seibold.
»Wir lernen hier europäisches Englisch«, erklärte die. »Du hast amerikanisches Englisch gelernt. Das ist zwar nicht schlimm, aber vielleicht kannst du dich noch umstellen.«
»Ich finde, das klingt viel schöner«, sagte Lisa. »Können wir nicht auch Amerikanisch lernen?«
Das lehnte Frau Seibold ab, aber Maribel schenkte Lisa ein dankbares Eckzahnlächeln.
Carina gab es einen kleinen Stich.
Seit Maribel in der Klasse war, hatte sie sich widerspruchslos nach Carina gerichtet. Die anderen starrten zwar oft neugierig herüber, aber Annäherungsversuche hatte es bisher noch nicht gegeben.
Carina konnte Maribel vor denen nicht warnen. Was hätte sie auch sagen sollen?
Aber am nächsten Morgen, als Carina zur Tür hereinkam, saß Maribel an Sandras Tisch und zeigte Fotos. Diesmal waren es nicht nur die Hunde und das Haus, nein, sie hatte ihren ganzen Pappkarton dabei. Jungen und Mädchen umdrängten sie in einem dichten Knäuel, der sich erst auflöste, als der Lehrer hereinkam.
»Hallo, Carina«, grüßte Maribel freundlich, als sie zum Tisch kam und sich setzte.
»Hallo.« Carinas Herz klopfte wild.
Maribel schob ihr den Fotostapel hin. »Urlaubsbilder aus den USA. Willst du mal sehen?«
Carina blieb die Luft weg. Nie hatte Maribel ihr von einem Urlaub in den USA erzählt, immer nur von ihren Großeltern am Rhein, die sie von klein auf fast jedes Jahr besucht hatte.

Carina wußte nicht, ob sie die Bilder wirklich sehen wollte. Amerika, das war doch Tessa, das waren die roten Felsen. Mehr wollte sie erst einmal nicht wissen. Von Zeit zu Zeit sah Carina sich einen amerikanischen Fernsehfilm an. Aber sie paßte gut auf, daß die ihr Amerika nicht verdarben. Wenn die Leute im Film anfingen, sich blöd zu benehmen, dann machte sie aus oder ging weg.
»Nicht jetzt«, sagte sie und schob die Fotos zurück. »Er schaut schon her!«
Sie meinte den Mathelehrer.
»Nachher dann!« Maribel hatte wieder ganz rosige Bäckchen.
In der großen Pause blätterte Carina mit kalten Fingern die Fotos durch. Fast alle zeigten schiefe Wolkenkratzer. Die waren nicht wirklich schief, aber es war so schwierig, sie ganz gerade zu fotografieren, erklärte Maribel. Sie selbst war auch ein paarmal auf den Fotos zu sehen, eingemummelt in eine dicke Jacke mit hochgeschlagener Kapuze. Sie sah darin wie ein Eskimomädchen aus.
Carina war erleichtert. Die Wolkenkratzer hatten mit ihrem Amerika nichts, aber auch rein gar nichts zu tun. Die Großstadt konnten die anderen gerne behalten.

Am nächsten Tag ballte sich das Knäuel schon wieder um Maribel zusammen. Diesmal hatten sie den Atlas aufgeschlagen, und Maribel zeigte, wo sie gelebt hatte und wo sie sonst noch überall gewesen war.
»Hier, New York!« Sie tippte darauf.
Ehe Carina es sich richtig überlegt hatte, sagte sie: »Und da wohnt meine Brieffreundin!« und tippte auf Arizona.
Sie hätte sich sofort am liebsten auf die Zunge gebissen.
Es hörte aber ohnehin keiner zu.

»New York!« seufzte Sabrina. »Der Broadway!« Sie machte einen gezierten Tanzschritt und klapperte mit den Augendeckeln.
»Warst du auch am Broadway?« fragte Florian mit gnädigem Interesse.
Jetzt glühten Maribels Bäckchen richtig. O ja, sie war am Broadway gewesen und hatte da ein Musical gesehen, und sie hatte ganz oben von der Freiheitsstatue heruntergeschaut. In deren Krone waren nämlich Fenster drin.
Carina starrte auf Arizona.
Auf der Karte konnte man gar keinen Unterschied sehen zwischen dem Staat New York und Arizona. Nur war das eine rosa, das andere himmelblau gefärbt. Das hatte nichts zu bedeuten. Alle Staaten waren unterschiedlich gefärbt, damit man die Grenzen besser erkennen konnte. Daß in dem einen Staat rote Felsen in der Gegend herumstanden, im anderen Wolkenkratzer, das sah man auf so einer Karte nicht.
In der großen Pause fragte Maribel:
»Weißt du schon, was du zu Sabrinas Fest anziehst?«
»Welches Fest?« Carina wußte natürlich von nichts.
»Na, am Samstag. Hat sie dich nicht eingeladen?«
»Nein«, brummte Carina. Es war nichts Neues. Sie wurde nie eingeladen, wenn jemand eine Party gab. Aber diesmal war es anders, diesmal war Maribel eingeladen, und die war neu in der Klasse und gehörte zu ihr.
Maribel schüttelte den Kopf.
»Alle sind aber eingeladen!« sagte sie.
»Ich nicht.«
»Vielleicht hat sie nur vergessen, es dir zu sagen.«
»Bestimmt nicht.«

Maribel sah sie erstaunt an. »Magst du sie denn nicht?«
Carina zuckte nur mit den Achseln. Wer hier wen nicht mochte, das wußte sie schon lange nicht mehr. Jedenfalls hatte sie mit den Geschichten der anderen nichts zu tun, und zu ihren blöden Partys wollte sie schon gar nicht hingehen. Wahrscheinlich tanzten sie wieder oder machten ihre blöden Kußspiele, meine Güte. Die lernten sie aus ihren blöden Zeitschriften.
»Ich würde sowieso nicht hingehen«, sagte sie laut.
»Vielleicht wird es ja ein langweiliges Fest«, tröstete Maribel.

Die anderen feierten Partys, und Carina saß da und paukte englische Grammatik. Wenn sie es nicht besser gewußt hätte, sie hätte sich schon beinahe selber für einen Streber halten können.
Vielleicht hatte Maribel ja mal Lust, mit Carina ein bißchen englisch zu reden, wenn es keiner hörte. Da konnte Carina sich auch gleich an den amerikanischen Akzent gewöhnen.
Am Montag würde sie Maribel sofort fragen.
Aber am Montag fragte Carina Maribel erst mal gar nichts. Ihr blieb nämlich die Luft weg, als sie sie sah.
Maribel hatte keinen Zopf mehr. Ihre Haare reichten gerade noch bis zu den Schultern, und nur auf einer Seite hatte sie ein dünnes Zöpfchen geflochten.
Sie trug auch keinen ihrer bunten Röcke, sondern Jeans mit ganz weiten Beinen, wie sie gerade modern waren.
Kurz, sie sah entsetzlich aus.
»Voll gut, was?« kicherte sie. »Meine Mutter hat vielleicht getobt.«
Carina konnte gar nichts sagen. Maribel wartete auch

nicht auf ihre Bestätigung. Sie war ganz und gar mit den anderen beschäftigt. Alle fünfundzwanzig schienen sie persönlich begrüßen zu wollen. Dabei reagierte niemand überrascht auf ihr verändertes Aussehen. Offenbar war Maribel schon am Samstag in diesem Aufzug auf der Party erschienen.

»Hast du gesehen?« flüsterte Maribel, als die Stunde angefangen hatte. »Sabrina, Lisa und Anja haben sich die Nase durchgestochen. Auf dem Fest. Die Jungs sind fast in Ohnmacht gefallen.«

»Igitt!« war alles, was Carina dazu einfiel.

»Ich hab mich nicht getraut«, gestand Maribel. »Meine Mutter hat mich schon wegen der Haare fast erschlagen.«

»Gefällt dir das etwa?« Carina konnte ihr Entsetzen wirklich nicht mehr verbergen.

»Die Nasenringe?«

»Ja.«

»Ist doch geil«, sagte Maribel.

Als sie frisch aus Guatemala kam, hatte sie noch nicht so geredet. Und sie sagte es gleich noch einmal.

»Es war überhaupt obergeil. Du hast was verpaßt. Wir haben ja so gelacht.«

Carina starrte an die Tafel. O nein, sie war ganz sicher, daß sie nichts verpaßt hatte. Sie wollte überhaupt zu keiner blöden Party gehen.

Sollten sie doch alleine lachen. Wenn man nicht das gleiche lustig fand wie sie, dann waren sie sauer oder fanden einen blöd. Und Carina würde bestimmt nicht das gleiche lustig finden wie sie. Meistens kicherten sie über irgendwas, was mit Jungs und Mädchen zusammenhing. Wenn sie besonders viel kicherten, dann nannten sie es »verknallt sein«. Carina konnte mit diesem Ausdruck über-

haupt nichts anfangen. Das klang nach Kaugummiblasen, die mit einem Knall platzten und dann auf der Nase klebten.
Wenn Carina mal den Jungen treffen würde, der sie interessierte, dann würden sie sich nicht mit dummem Gekicher und Geplänkel aufhalten. Verknallt, von wegen! Sie würden sich einmal tief in die Augen sehen und dann zusammen auf ein Schiff gehen oder in ein Flugzeug steigen oder so etwas Ähnliches. Jedenfalls würden sie irgendwo zusammen hingehen, wo sie ihre Ruhe hatten, wo sie immer zusammenbleiben und über alles reden konnten.
So was war Liebe. Dazu brauchte Carina keine dummen Zeitschriften. Und keinen Ring durch die Nase wie ein Tanzbär.
Sie war böse auf Maribel. Die hatte sie glatt verraten. Bestimmt war sie keine Indianerin, die waren nämlich treu. Maribel war genau wie Anja, sie ließ Carina einfach im Stich. Na bitte, dann sollte sie sich doch mit den anderen gut amüsieren.
Carina brauchte niemanden. Sie würde erst dann wieder Freundinnen haben, wenn sie Mädchen traf, mit denen sie sich wirklich verstand. Mädchen, die nicht von ihr erwarteten, daß sie jeden neuen Pullover und jeden neuen Haarschnitt bemerkte. Vielleicht würden es auch gar keine Mädchen mehr sein, sondern gleich DER Junge. Womöglich in Amerika. Da war bestimmt alles anders.
Tessa war jedenfalls anders. Die schrieb in ihren Briefen nie von dummen Partys und süßen Jungs. Sie erzählte, daß sie einen Puma gesehen hatte und daß sie nachts gerne in der Wüste mit einem Fernrohr die Sterne anschaute. In der Wüste war der Himmel nämlich besonders klar. Da konnte man richtig die Milchstraße sehen.

»Milky way« hieß die. Irgendwann würde auch Carina von der Wüste aus in die Sterne schauen. Hier sah man ja kaum welche, weil die Luft so dreckig war, und das Licht der vielen Häuser störte auch.
Wirklich blöd, daß Amerika so weit weg war. Das Briefeschreiben ging zwar immer besser, aber es war eben doch nicht das gleiche, wie wenn man eine Freundin neben sich sitzen hatte. Die konnte man anstupsen, mit der konnte man grinsen, der konnte man alles zeigen, was einem gefiel, und die würde jetzt vielleicht einfach herzlich lachen, wenn sie das Trio mit den Nasenringen sah.
Carina spürte, daß Maribel sie von Zeit zu Zeit beunruhigt von der Seite anschaute.
»Hast du was?« fragte sie schließlich.
»Nö. Was soll ich denn haben?« Carina nahm ein Blatt Papier aus dem Ordner und fing an, einen Brief an Tessa zu schreiben.
Maribel blieb noch einen Moment lang unschlüssig sitzen, dann stand sie auf und ging zu Anja und Lisa.
Na bitte, genau so hatte Carina sich das vorgestellt. Sie war böse auf sich, weil sie Maribel jemals vertraut hatte. Damit war jetzt endgültig Schluß. Lächerlich sah die aus mit ihren weiten Hosen. Und wahrscheinlich wartete sie nur, bis ihre Mutter sich beruhigte, um sich dann ebenfalls die Nasenflügel zu durchbohren. Nur weil Lisa und Sabrina das so toll fanden. Und die fanden es wahrscheinlich nur so toll, weil sie es in ihren blöden Zeitschriften gesehen hatten.
Zu Hause stellte sich Carina vor den großen Flurspiegel und sah sich selbst forschend an.
Sie sah so aus, wie sie eben aussah, fand sie.
Wenn sie nur gewollt hätte, hätte sie auch so wie die an-

deren Mädchen aussehen können. Das waren doch nur Klamotten und ein bißchen Schmuck, das konnte doch jeder.
Und tanzen konnte sie auch, wenn sie nur wollte, aber sie wollte nicht, nicht mit denen.
Sie drehte sich um, bevor sie sich selbst was vorheulte.
Vorsichtshalber mußte Carina noch ihren Bruder fragen, was der von den Nasensteckern hielt. Der kannte sich doch aus mit Mädchen, wenn auch mit älteren.
»Kommt drauf an«, war sein Kommentar. »Manchen steht das.«
»Bäh!« machte Carina nur.
»Wieso bäh?« protestierte Björn. »Du hast dir auch die Ohren durchbohren lassen.«
»Ohren sind ganz was anderes.«
»Quatsch. Das ist bloß eine Frage der Gewohnheit.«
Eigentlich konnte man es sich von vornherein schenken, einen großen Bruder nach so was zu fragen. Der war erstens nicht zurechnungsfähig, wenn es um Mädchen ging, und zweitens ließ er keine Gelegenheit aus, seine kleine Schwester zu ärgern.
Das mit Maribels Zopf fand er auch nicht schlimm.
»Die kam ja daher wie aus dem letzten Jahrhundert«, sagte er. »Jetzt sieht sie schon fast normal aus.«
»Ich weiß nicht«, sagte Mama. »Sie hatte so schöne Haare.«
»Ich hätte gern so einen Zopf.« Carina zupfte ohne große Hoffnung an ihren dunkelblonden Strähnen.
»Na, viel Spaß!« spottete Björn. »Länger als hundert Jahre wird es schon nicht dauern.«
Mama entwand Carina das Geschirrtuch, mit dem sie gegen ihren Bruder ausholte.

Carina übte weiterhin einmal in der Woche mit Maribel Französisch.
Meistens verabschiedete sie sich nach so einer Stunde gleich wieder. Höchstens Frau Brunner konnte sie mal aufhalten, wenn sie von Guatemala erzählte.
»Wie findest du das mit den Haaren?« hatte sie in der Woche nach dem Fest gefragt und mit dem Kinn auf Maribels verstümmelte Pracht gedeutet.
Carina zuckte nur mit den Achseln. Man mußte Freundinnen immer gegen ihre Mütter verteidigen, aber sie konnte das in diesem Fall nicht überzeugend.
Frau Brunner seufzte. »Ich verstehe euch nicht«, sagte sie. »Aber an dem Tag, an dem Mütter ihre Kinder verstehen, geht wahrscheinlich die Welt unter.«
So ein bißchen Verständnis hatte sie offenbar aber doch, denn sie erlaubte Maribel, ebenfalls eine Party zu geben.
Maribel strahlte von einem durchbohrten Ohr zum anderen, als sie in der Klasse von Bank zu Bank ging und alle einlud.
Als sie zu ihrem Tisch zurückkam, sagte sie zu Carina: »Du magst ja keine Partys. Wir tanzen wahrscheinlich.«
»Nö«, knurrte Carina automatisch, bevor sie auch nur einen Augenblick überlegen konnte. »Ist mir zu blöd.« Und sie schlug ihr Englischbuch auf.
Maribel sah gar nicht mehr so glücklich aus, aber sie versuchte auch nicht, Carina zu überreden, sondern setzte sich stumm auf ihren Stuhl.
Carina strich sich die Haarsträhnen aus dem Gesicht.
»Ich laß sie mir wachsen!« sagte sie grimmig.

Feldspat, Quarz und Glimmer

Gleich zu Beginn des Schuljahres hatte Herr Weidinger die einwöchige Klassenreise angekündigt. Es sollte in den Schwarzwald gehen. Carina jubelte automatisch im Chor mit den anderen, dabei war ihr ein wenig mulmig.
Kein Johnny! Kein eigenes Zimmer, in das sie sich mit einem dicken Buch zurückziehen konnte.
Keine Briefe von Tessa.
»Stell dich bloß nicht so an wegen der einen Woche«, sagte Mama. »Du wirst sehen, wenn du erst mal da bist, willst du gar nicht mehr nach Hause.«
Sie sagte das so, als fände sie es prima. Aber falls Carina wirklich nicht mehr nach Hause kommen wollte, wäre sie bestimmt beleidigt gewesen.
»Schullandheim ist doch geil.« Björn hatte damit Erfahrung. »Da gibt's jede Nacht die große Action. Dann brechen die Jungs bei den Mädchen ein und so.«
Carina verdrehte die Augen.
»Es ist jedenfalls gut für den Zusammenhalt der Klasse«, sagte Papa.
Carina verdrehte noch mehr die Augen.
Das hatte sie zuletzt im Zusammenhang mit dem Psychogramm gehört. Prost Mahlzeit.

Sie kriegte ein Paar neue Wanderschuhe und einen eigenen Waschbeutel, in dem sie Zahnbürste, Duschlotion und Shampoo verstauen konnte.
»Hast du's gut!« sagte Björn neidisch. Er meinte nicht den Waschbeutel, sondern die schulfreien Tage.
Carina hätte gern mit ihm getauscht, obwohl sie dann für ihn eine Physikarbeit hätte schreiben müssen.
Aber als sie dann die Reisetasche packte, kam doch etwas wie Vorfreude auf. Völlig verderben konnten die anderen ihr diese Fahrt bestimmt nicht. Reisen war prima. Alles konnte auf einer Reise gar nicht schiefgehen.
Natürlich war es nicht das gleiche wie eine richtige Urlaubsreise, denn es kamen zwei Lehrer mit, und die versicherten hoch und heilig, im Schullandheim werde auch unterrichtet. Keiner konnte es so richtig glauben, aber andererseits war denen alles zuzutrauen. Na ja, trotzdem: Eine Woche Schwarzwald war so *ähnlich* wie Ferien. Und glücklicherweise fuhr der Mathelehrer ja nicht mit. Im Grunde war es ein einwöchiger Klassenausflug oder ein einwöchiges Klassenfest oder so etwas.
Eigentlich also fabelhafte Aussichten.
Wenn man sich mit der Klasse vertrug.

Am Montag morgen stiegen sie in den Bus. Mütter und Väter winkten. Einige Mütter weinten ein bißchen. Ihre Kinder konnten einem leid tun, die schämten sich bestimmt. Carinas Mutter weinte nicht. Sie stand neben dem Auto, mit dem sie Carina und ihr Gepäck zur Schule gebracht hatte, und beobachtete den Aufbruch.
Carina kriegte einen Platz am Fenster, und Nicole setzte sich neben sie. Maribel war schon weiter vorne beschäftigt, obwohl nicht genau auszumachen war, wo sie saß.

Da vorne war nämlich ein ständiges Aufspringen, Plätzetauschen und Gekicher im Gange.
»Jetzt setzt sich jeder hin, wo er gerade steht, und da bleibt er auch, bis wir ankommen!« donnerte Herr Weidinger.
Er zählte durch, und weil alle da waren, gab er dem Busfahrer das Zeichen zur Abfahrt.
Das mit dem Sitzenbleiben ließ sich dann doch nicht ganz durchhalten, denn als sie in die Berge kamen, wurde es Nelle furchtbar schlecht. Sie mußte aufstehen und aus dem Bus steigen.
Die Jungs ahmten begeistert und lautstark ihre Würgegeräusche nach, die Mädchen machten »Bäääh!«
»Ruhe jetzt!« schimpfte Frau Schwarz, die Erdkundelehrerin. Sie begleitete Herrn Weidinger und sollte sich um die Mädchen kümmern, denn ein männlicher Lehrer kannte sich mit denen nicht so gut aus.
Im Bus wurde sogar ein bißchen gesungen. Es war fast so wie in einer Fernsehserie. Und in diesen Fernsehserien hatten die Schüler garantiert immer ihren Spaß, spielten ihren Lehrern witzige Streiche und hielten zusammen wie Pech und Schwefel.
Carina schöpfte ein bißchen Hoffnung.
»Schade, daß ich Johnny nicht mitnehmen konnte«, sagte sie.
Nicole antwortete nur »Hmmmm«, als würde sie zustimmen. Überzeugt klang es nicht.
»Ich habe eine Taschenlampe dabei.« Carina plauderte einfach weiter. »Hat mir mein Bruder geliehen. Für die Mitternachtspartys.«
»Mitternachtspartys?«
Carina erklärte Nicole, daß Schullandheim so was war

wie eine Woche im Internat, und im Internat wurden grundsätzlich heimliche Mitternachtspartys gefeiert. Das hatte sie in so vielen Büchern gelesen, es mußte was dran sein. Es waren lustige Partys, so ähnlich wie früher die Klassenfeste, als die anderen noch nicht tanzen wollten. Zu solchen Partys wollte sogar Carina gerne hingehen.

»Und was macht man da?« wollte Nicole wissen.

»Essen, alles mögliche, bis einem schlecht wird.«

Nicole sah auf ihren schwindenden Bauch hinab und seufzte.

»Trinken auch«, tröstete Carina.

»Sicher Cola«, mutmaßte Nicole düster. »Das besteht fast nur aus Zucker.«

Dann sagte sie nicht mehr viel, denn es ging in steilen Kurven nach oben. Es war gut, daß sie schon kurze Zeit später am Schullandheim ankamen, sonst hätte es noch mehr umgestülpte Mägen gegeben.

Die Heimeltern standen vor dem Eingang des Schullandheims, um die Klasse in Empfang zu nehmen. Sie wurden aber kaum beachtet. Alles drängelte aus dem Bus und rannte ins Haus. Es ging um die besten Schlafplätze. Ganze Gruppen stürmten die Schlafsäle, schleuderten ihre Rucksäcke und Taschen auf die Etagenbetten und nahmen sie auf diese Weise in Beschlag oder reservierten für eine Freundin.

»Hier ist schon voll!« hieß es, als Carina mit Nicole in einen der Schlafräume tappte.

Carina zuckte zusammen und wich aus der Tür.

Im anderen Schlafsaal ging es ihnen auch nicht besser: »Alles besetzt!«

Carina und Nicole standen ratlos im Flur herum.

»Was ist?« fragte Herr Weidinger, der sich angestrengt

darum bemühte, den Überblick zu behalten. »Könnt ihr euch nicht entscheiden?«

»Es ist alles voll.«

»Unsinn!« Herr Weidinger schüttelte den Kopf. »Es geht genau auf. Hier sind zwei Säle mit jeweils acht Betten, und wir haben sechzehn Mädchen in der Klasse.«

Er ging in den nächsten Schlafsaal, und Carina hörte ihn in scharfem Tonfall fragen, welches der Betten noch frei sei.

Dann kam er wieder in den Flur, lächelte Carina an, als wäre nichts, und sagte: »Hier hast du noch Platz.«

Nicole paßte ins andere Zimmer.

Carina schlich in den Saal. Auch Maribel schlief hier, aber die teilte sich ihr Etagenbett schon mit Sandra. Über dem letzten freien Bett hatte sich Nelle eingenistet.

»Ich hoffe bloß, du schnarchst nicht«, sagte Sandra, die Carinas direkte Nachbarin war.

Carina hielt es nicht für nötig, darauf zu antworten.

Sie hatte ihren kleinen Stoffhund dabei, aber sie wagte es nicht, ihn auszupacken und auf ihr Kopfkissen zu setzen. Also ließ sie ihn in der Tasche und nahm sich vor, ihn zu streicheln, wenn es gerade keiner sah.

Sandra hatte auch einen Teddy dabei, aber die brauchte keine Angst zu haben, daß sich jemand über sie lustig machen würde. Sie konnte den Teddy mitten auf ihr Bett setzen. Deswegen kam noch lange niemand auf die Idee, Sandra wäre kindisch. Die hatte immer als erste die neuen Zeitschriften, und ihre Ohrringe reichten ihr manchmal fast bis zu den Schultern.

Carina dagegen mußte aufpassen, was sie tat. Ihre Englischübungen hatte sie nicht dabei, auch das Wörterbuch nicht, obwohl sie sich vorgenommen hatte, Tessa jeden

Tag zu schreiben. Bis die Woche zu Ende war, kam auf diese Weise ein dicker Brief zusammen, den sie dann zu Hause abschicken konnte. Aber schreiben mußte sie heimlich.
Sie hatte das Foto von Tessa in ihrem Ringbuch. Eigentlich schleppte man als Mädchen keine Fotos von anderen Mädchen mit sich herum. Aber das hier war eine Ausnahme. Es war für alle Fälle besser, Carina hatte etwas dabei, was sie an ihre Freundin in Amerika erinnerte.

Das Haus war ganz aus Holz und roch nach Eintopf und Harz. Auf den Betten lagen grobe graue Wolldecken und ziemlich flach gepreßte Kopfkissen, die vermutlich schon so manche Kissenschlacht erlebt hatten. Die Schlafsäle hatten jeweils zwei kleine Fenster. Die Fensterkreuze waren aus dunklem Holz. Wenn man rausguckte, sah man nur Bäume.
Carina schlüpfte aus der Haustür und ging bis zum Waldrand. Wie gut die Luft hier war! Merkwürdigerweise fiel ihr die schlechte Stadtluft immer erst auf, wenn sie mal richtig gute Luft in die Nase kriegte. Dann wunderte sie sich, daß sie da unten in der von Autobahnen und Fabriken vermieften Ebene nicht ständig mit einer Sauerstoffmaske vor der Nase herumlaufen mußten wie die Leute in den Science-fiction-Filmen.
Carina ging in die Hocke und faßte mit beiden Händen ins feuchte Moos. Das war alles wie geschaffen für Johnny. Der hätte sich überschlagen vor Begeisterung. Mit ihm hätte Carina dies alles teilen können: die gute Luft, das Moos, die Baumsäulen am Wiesenrand, das Holzhaus und vielleicht, wenn keiner es bemerkte, auch den Eintopf, dem sie ziemlich skeptisch entgegensah.

Aber Johnny war nun einmal nicht da. Carina war ganz allein mit ihren Mitschülern.
»Na, gefällt es dir?« fragte Herrn Weidingers Stimme über ihr. Sie richtete sich schnell auf und drehte sich um. Herr Weidinger stand auf seinem Balkon. Die Lehrer hatten jeder ein Einzelzimmer. Die hatten es gut, von denen erwartete keiner, daß sie sich mit sieben Kollegen vertrugen. Carina kam nicht dazu, auf seine Frage zu antworten, denn gerade dröhnte im Stockwerk über ihm in voller Lautstärke ein Kassettenrecorder los. Herr Weidinger war wie ein Spuk von seinem Balkon verschwunden. Carina hörte ihn etwas brüllen, was sie nicht verstand. Die Musik wurde eine winzige Spur leiser.
Carina trat an einen Baum und legte die Hand auf seine zerfurchte Rinde. Sie glaubte, selbst der Stamm müsse im hektischen Rhythmus der Musik vibrieren. Der Rhythmus war viel schneller als ihr Herzschlag. Aber der Baum stand völlig unerschüttert da. Carina drehte sich erleichtert um und ging ins Haus zurück.
Glücklicherweise wurde die Musik gerade noch ein bißchen leiser gedreht. Jetzt konnte man auch Gekicher hören. Türen schlugen, schnelle Schritte polterten durch die Flure und über die Treppen. Das ganze Haus bebte.
Carina wollte wieder in ihren Schlafsaal, aber ausgerechnet da drin hatten sie sich versammelt. Die Musik dröhnte, und zwei Mädchen aus dem anderen Schlafsaal saßen breit auf ihrem Bett. Sie drehte wieder um.
Wohin jetzt? Nirgendwo hatte sie Platz.
Auf der Treppe begegnete sie Herrn Weidinger. Der seufzte tief. »Das kann ja heiter werden mit dieser Chaotenbande!« Er sagte es so, als wäre Carina eine Lehrerin. Der hatte gut reden mit seinem Einzelzimmer.

»Ich übernehme«, versprach Frau Schwarz, die nun ebenfalls im Flur auftauchte. Wahrscheinlich war es ihre Angelegenheit, weil sie sich im Mädchenschlafsaal abspielte.
In der ersten Nacht gab es keine Mitternachtsparty. Auch die Überfälle durch die Jungs ließen auf sich warten.
Carina lag steif im Bett. Wenn sie sich umdrehte, schaukelte die zweite Etage mit, und womöglich wurde Nelle dann wach und ärgerte sich.
Blöd, daß die Fenster so weit weg waren. Carina hätte so gerne in die Nacht geschaut. Bestimmt gab es hier Füchse, und die Sterne leuchteten vielleicht so hell wie in der Wüste.
Schwarzwald hieß auf englisch »Black Forest«. Carina hatte Frau Schwarz danach gefragt. Die mußte es wissen, weil sie auch Englisch unterrichtete.
Am nächsten Morgen goß es in Strömen. Der Wald roch noch besser als am Tag zuvor. Carina hatte im Unterrichtsraum einen Platz in der Nähe eines Fensters ergattert und träumte die ganze Zeit.
Frau Schwarz hatte in Abweichung vom Lehrplan die erdgeschichtliche Entstehung des Schwarzwalds zu ihrem Thema gemacht, und sie kriegte auch nicht gleich ihre schneidende Stimme, wenn jemand mal nicht aufpaßte. Das waren wohl ihre Zugeständnisse ans Schullandheim.
»Wenn das Wetter besser wird, werden wir uns mal nach Gesteinen umsehen!« versprach sie am Schluß der Stunde.
Aber an diesem Tag wurde das Wetter nicht besser, und um die Stimmung zu heben, setzten die Lehrer für den Abend gleich eine große Party an.

Hektische Betriebsamkeit brach aus. Alle gruben in ihrem Gepäck nach Kassetten und CDs, die sie für diesen Anlaß mitgebracht hatten. Ausgedehnte Kleideranproben fanden statt.
Mama hatte Carina das Teddy-Hemd mitgegeben, »falls ihr mal ein bißchen feiert«. Aber Teddys waren kindisch. Carina traute sich nicht, das Hemd anzuziehen. Sie blieb bei dem ausgeleierten Pulli, den sie von Björn geerbt hatte. »Boston Celtics« stand da drauf. Das war eine Basketballmannschaft; Carina interessierte sich zwar nicht für Basketball, aber das machte nichts, denn der Pulli hatte so eine schöne Farbe.
Und dann ging gleich wieder ringsrum die Schminkerei los! Affen! dachte Carina und warf den Mädchen den verächtlichsten Blick zu, den sie zustande brachte. Sie fischte ein Buch aus ihrer Reisetasche. Eigentlich wollte sie gar nicht runtergehen. Aber das mußte sie. Ganz ausschließen durfte man sich nicht.
Na, hoffentlich war die Musik einigermaßen gut.
Konrad war der Diskjockey. Er war ständig von Mitschülern umringt, die ihm ihre Kassetten und CDs in die Hand drückten: »Los, spiel das mal!«
Schließlich mußte Herr Weidinger ein Machtwort sprechen, damit Konrad überhaupt Luft bekam und etwas aussuchen konnte.
Maribel tanzte am allerbesten von allen. Ihr Körper schien von allein ganz genau zu wissen, was er mit der Musik anzufangen hatte. So hätte Carina auch gerne getanzt, aber leider ahnte sie, daß sie nur ungelenk herumhoppeln konnte, so wie Nicole oder auch Nelle, bei denen sah das Ganze eher peinlich aus. Außerdem wußte inzwischen schon jeder, daß Carina tanzen blöd fand, und es

wäre aufgefallen, wenn sie es doch probiert hätte. Alle hätten sie angeschaut oder hätten sogar irgendwelche Bemerkungen gemacht: »So was, welche Ehre...« Florian wäre bestimmt ein treffender Vergleich mit einem Tier eingefallen: »Schaut mal, wie sie sich bewegt, wie ein Erdferkel am Termitenbau...« oder so etwas.
Carina schlich hinüber zu Konrad und schaute die Kassetten durch.
»Bring nichts durcheinander!« schnauzte der gleich. »Ich hab sie sortiert!«
Carina legte die Kassette schnell wieder aus der Hand.
»Wenn du 'ne Crash Test Dummies hast, dann leg die doch mal auf«, schlug sie vor.
Den Tip hatte sie von Björn.
Konrad starrte sie überrascht an.
»Hab ich«, sagte er schließlich. »Mach ich nachher. Find ich auch gut.«
Die Zeit verging irgendwie. Einmal tanzte Carina sogar mit, als alle Luftballons an die Füße gebunden kriegten und sie sich gegenseitig kaputttreten mußten. Das war nicht dieses affige Getanze, das war ein Spiel, damit konnte sie sich nicht blamieren.
Wenn langsame Nummern kamen, dann forderten einige Jungs einige Mädchen auf oder umgekehrt, und Carina wußte gar nicht, wo sie hinschauen sollte, wenn die sich so aneinanderschmiegten und ein bißchen in den sanften Wellen der Musik herumeierten.
Meistens ging Herr Weidinger glücklicherweise ziemlich schnell zu Konrad hinüber und flüsterte dem irgendwelche Anweisungen zu. Dann sprengte ein schnellerer Song die Tänzer auseinander, und Carina konnte wieder durchatmen.

Klar, wenn der Junge da war, den man liebte und bei dem man für immer bleiben würde, dann fühlte sich das vielleicht ganz gut an. Aber es konnte noch eine ganze Weile dauern, bis Carina den fand, und die albernen Jungs aus der Klasse waren in der Zwischenzeit kein Ersatz.
Nicht, daß einer von ihnen eine langsame Nummer mit Carina hätte tanzen wollen. Die rissen sich allesamt um das Nasenring-Trio und fanden sich ansonsten höchstens noch mit Maribel oder Sandra ab.
Sabrina tanzte dreimal hintereinander so einen engen Tanz mit jeweils einem anderen Jungen.
Die hatte sie nicht mehr alle.
Carina schämte sich richtig für sie.
Auch in dieser Nacht gab es keine Überfälle. Einmal kicherte und polterte es im Flur, aber ein Machtwort von Herrn Weidinger machte jeder Aktion ein vorzeitiges Ende.
Er war jetzt schon ein bißchen heiser.
Gnadenlos regnete es weiter. Längst waren alle Gesellschaftsspiele langweilig geworden. Herr Weidinger fragte Carina, ob sie mit ihm eine Partie Schach spielen wollte, aber Carina konnte Schach nicht ausstehen.
Das schien Herrn Weidinger zu überraschen. Wahrscheinlich spielten Streber normalerweise gerne Schach, weil sie damit allen zeigen konnten, wie intelligent sie waren.
Die beiden Lehrer gaben sich redlich Mühe und stellten den Schülern ein Schlechtwetterprogramm zusammen.
»Heute gibt es einen Diskussionsabend«, kündigte Frau Schwarz am Morgen des dritten Tages an. »Vorgesehen sind folgende Themen: ›Außenseiter‹ und ›Drogen‹.«
Carina starrte durch das Fenster in den schiefergrauen Himmel. Vielleicht kam ja doch noch überraschend die

Sonne raus, so daß sie wandern konnten. Dann würden sie heute abend alle todmüde in ihre Betten sinken, und kein Mensch brächte auch nur ein Wort zum Thema »Außenseiter« heraus.
Herr Weidinger las in seiner Unterrichtsstunde Geschichten von Ephraim Kishon vor, um die Stimmung aufzuheitern. Frau Schwarz zauberte Gesteinsproben aus ihrem Gepäck und ließ sie herumgehen. »Feldspat, Quarz und Glimmer, die vergeß ich nimmer« mußten sie im Chor aufsagen, damit sie sich die Bestandteile des Granits besser merken konnten. Dieses Rezept hatte Frau Schwarz schon an Generationen von Schülern ausprobiert. »Das werdet ihr nie vergessen, bis an euer Lebensende nicht!« versprach sie.
Zu Mittag gab es Hähnchen und Spaghetti. Beides getrennt mochte Carina ganz gern, aber in dieser Zusammenstellung kriegte sie keinen Bissen runter.
In der Mittagspause zog sie ihre Regenjacke über und stapfte in den Wald. Es goß wie aus Eimern, und die Wolken hingen bis auf die Tannenspitzen herab. Nach kurzer Zeit waren ihre Schuhe und Strümpfe völlig durchgeweicht. Das machte gar nichts. Die Luft war so gut und wurde von Tag zu Tag besser. Und wenn sie sich erkältete, würde sie sich einfach gleich nach dem Abendessen ins Bett legen und die Decke bis an die Ohren ziehen. Dann sollten sie doch alleine diskutieren.
Beim Abendessen mußte sie einmal kräftig niesen. Hoffnungsvoll guckte sie zu ihrem Klassenlehrer hinüber, aber der hatte es nicht einmal bemerkt. Sie hatte Küchendienst und mußte mit Nelle zusammen den Tisch abräumen. Im Nebenzimmer rückten sie bereits Stühle zu einem Kreis zusammen.

Carina räumte das Geschirr in die Spülmaschine. Fast bedauerte sie es, als die Tische leer geräumt und abgewischt waren und die Heimmutter sie mit einem ungeduldigen Wink aus der Küche scheuchte.
Feldspat, Quarz und Glimmer. Carina ging in den Aufenthaltsraum hinüber und schob sich unschlüssig von einer Ecke in die andere. Die vergeß ich nimmer.
Jetzt setzten sich die ersten Schüler, und Herr Weidinger schaute so ernsthaft auf die Uhr, als wollte er gleich eine Klassenarbeit schreiben lassen.
Carina setzte sich auf einen Stuhl in der Nähe der Tür.
Herr Weidinger stellte das Thema vor.
»Wir haben schon mal über Ausländerfeindlichkeit diskutiert«, sagte er. »Das ist eine ähnliche Geschichte. Es hat mit dem Anderssein zu tun. Menschen, die anders sind, haben es oft schwer.«
»Amen!« sagte jemand halblaut. Gekicher.
Herr Weidinger seufzte.
»Es kann ja sein, daß euch das Thema zum Hals raushängt«, sagte er. »Ich finde es aber nach wie vor wichtig.«
»Wir haben aber kein Ausländerproblem«, sagte Florian. »Wir verstehen uns gut mit unseren ausländischen Mitschülern.«
Maribel wurde rot und faßte in einer automatischen Geste an ihre Schulter, an die Stelle, wo bis vor kurzem der Zopf gewesen war.
»Das höre ich gern«, sagte Herr Weidinger, war aber ein bißchen irritiert. »Dann habt ihr in eurer Klasse also kein Außenseiterproblem.«
Carina schaute zu Boden und fühlte bohrende Blicke auf sich.
»Maribel hat sich ja angepaßt«, sagte Lisa.

Herr Weidinger lächelte Maribel zu.
Carina rückte von einer Pobacke auf die andere. Die Stühle waren hart und billig verarbeitet, und die paar Schnörkel in der Lehne machten noch lang keine Schwarzwälder Bauernmöbel draus.
»Gibt es denn unter euch überhaupt Außenseiter?«
Hatte er etwa das Psychogramm vergessen? Carina warf ihm einen bitterbösen Blick zu, aber er bemerkte ihn offenbar nicht.
Sabrina meldete sich zu Wort. »Wir mögen keine Streber«, sagte sie.
Alle sahen Carina an, und jetzt hätte Herr Weidinger blind sein müssen, wenn er es nicht gemerkt hätte.
Er sah Carina erwartungsvoll an.
»Ich kann nichts dafür, daß ich gute Noten habe«, sagte Carina mechanisch. »Und in Mathe bin ich ja gar nicht so gut und in Physik auch nicht.«
Die schlechte Sportnote erwähnte sie nicht. Das wußte sie inzwischen, daß die nichts wert war. Streber waren grundsätzlich schlecht in Sport, weil sie immer nur am Schreibtisch saßen und ihre ganzen Gelenke dadurch eingerostet waren.
»Man wird nicht ein Außenseiter, nur weil man gute Noten hat«, sagte Herr Weidinger. »Ich glaube, ihr solltet wirklich mal miteinander reden. Dafür ist eine Klassengemeinschaft doch gut, und gerade wenn man wie wir jetzt eine Woche zusammenlebt, kann man viele Mißverständnisse klären.«
Das hatte er sich fein ausgedacht! Leider reagierte keiner.
»Vielleicht solltest du den schlechteren Schülern mehr bei der Arbeit helfen«, schlug Herr Weidinger Carina vor, weil sonst keiner etwas sagte.

»Mach ich doch«, sagte Carina. »Ich laß immer jeden meine Hausaufgaben abschreiben.«
Frau Schwarz grinste ein bißchen.
»Mit mir hat sie ja Französisch gelernt!« Damit schaltete sich Maribel ein.
Carina warf ihr einen dankbaren Blick zu.
»Es ist nicht nur das. Sie schließt sich immer aus! Richtig arrogant ist sie«, sagte Lisa. »Und dann rennt sie mit diesem gefährlichen Köter rum und kommt sich toll vor.«
»Und dann zieht sie sich so komisch an«, fügte Sandra hinzu. »Nie hat sie was richtig Geiles an. Immer diese ausgeleierten Klamotten. Und so ausgelatschte flache Schuhe.«
»Und sie versucht, auch andere aus der Klassengemeinschaft herauszuziehen. Mit Maribel hat sie das auch probiert. Sie wollte Maribel nur für sich haben. Richtig eifersüchtig war sie.«
»Und tanzen findet sie blöd.«
»Die paßt sich einfach nicht an.«
Carina starrte zwischen die Stuhlbeine der gegenüberliegenden Sitzreihe. Quarz und Glimmer, vergeß ich nimmer, der Reim drehte sich wie ein Mühlrad in ihrem Kopf, während die Vorwürfe auf sie herunterprasselten.
Wollte Carina etwas dazu sagen? Nein, Carina wollte nichts dazu sagen, sie zuckte nur mit den Schultern und kämpfte gegen aufsteigende Übelkeit.
Zwischendurch meldete sich eine Stimme und berichtete, man könne doch manchmal auch ganz normal mit Carina reden, sie habe das früher oft getan, da sei nichts dabei gewesen. Carina sah erstaunt auf, es war Nelle, mit der sie schon eine ganze Weile nichts mehr zu tun hatte.
Nicole war ganz blaß, fast grünlich. Sie wußte bestimmt,

daß sie Carina eigentlich helfen mußte, aber sie hatte wahrscheinlich Angst, selber zur Zielscheibe zu werden. Schließlich war sie immer noch zu dick.
»Anja hat es doch auch geschafft«, sagte Sabrina. »Die hat sich angepaßt, und jetzt gehört sie zu uns.«
Anja nickte nur, sagte aber nichts. Besonders glücklich sah sie nicht aus.
»Sie kennt überhaupt keine gute Musik, immer nur Beatles«, ging es weiter.
»Stimmt gar nicht«, sagte Carina leise. Björn hatte ihr schon einiges beigebracht. Das konnten die anderen natürlich nicht wissen, weil sie nie davon erzählte. Eigentlich konnten die anderen überhaupt nichts wissen, weil Carina überhaupt niemandem mehr etwas erzählte. Sie konnte aber jetzt nichts mehr dazu sagen, denn sie war völlig damit beschäftigt, die Tränen zurückzuhalten.
»Was meinst du denn nun dazu?« fragte Herr Weidinger freundlich. »Meinst du, ihr könntet aufeinander zugehen?«
Carina zog die Schultern hoch und nickte gleichzeitig. Vielleicht konnte sie ja mal ein bißchen mehr auf ihr Äußeres achten, wenn es daran lag.
»Wir müssen uns alle Mühe geben«, sagte der Klassenlehrer. »Jeder von uns. Vergeßt doch mal eure Vorurteile gegeneinander.«
Er meinte es gut, aber Carina schämte sich vor ihm so sehr oder jedenfalls fast so sehr, als hätte er sie nackt gesehen. Alle stimmten zu, daß man sich mehr Mühe geben mußte, und weil dieser Punkt so zufriedenstellend abgeschlossen war, stellte Frau Schwarz das zweite Diskussionsthema vor: Drogen. Das war einfacher, denn alle waren sich drüber einig, wie verwerflich Drogen waren.

Carina hatte eine ganz heiße Stirn, vielleicht hatte sie sich heute im Regen doch erkältet, aber sie konnte jetzt nicht gehen, sonst dachten die anderen, sie wäre beleidigt.
Dieser Abend war nicht das schlimmste.
Schlimmer noch war der nächste Morgen.
Carina wälzte sich aus dem Bett und blickte in Sandras strahlendes Gesicht.
»Guten Morgen!« sagte Sandra.
Carina starrte sie verdattert an. »Morgen.«
»Guten Morgen«, sagte Nelle.
»Guten Morgen«, sagten auch Maribel, Sabrina, Konrad, Nicole und Richie.
Jetzt gaben sie sich also Mühe.
»Ein süßes T-Shirt hast du an«, lobte Lisa.
Sie meinte das mit dem Teddy.
Jetzt schien wieder die Sonne, der Unterricht fiel aus, und die Heimmutter schleppte Berge an Picknickproviant aus der Küche.
Die Helligkeit war so ungewohnt, daß Carina die Augen zusammenkneifen mußte, als sie nach draußen kam.
The sun is shining, dachte sie. *We are walking in the Black Forest. Good morning, Sir. Good morning, Madam.*
Sie fühlte sich merkwürdig leicht, wie nach einem Glas Silvestersekt. Vielleicht war es das schöne Wetter.
Wenn Björn ihr seine Kamera geliehen hätte, dann hätte sie jetzt Fotos für Tessa machen können. Tessa war ja noch nie in Deutschland gewesen. Die dachte wahrscheinlich, daß hier alle Lederhosen trugen und ununterbrochen schuhplattelten. Wenn in amerikanischen Spielfilmen Deutsche auftauchten, dann taten sie das meistens, und wurden sie müde, dann kippten sie Bier aus riesigen Gläsern in ihre Faßbäuche.

Carina mußte unbedingt Postkarten kaufen. Im Schullandheim gab es welche, da waren ein paar Tannen drauf.
Am besten wäre es natürlich gewesen, sie hätte für Tessa ein Glas Luft abgefüllt, damit sie riechen konnte, wie gut die hier war. Vielleicht hatte sie so was noch nie gerochen, so mit Moos und Tannennadeln und Eintopf.
Wenn Tessa ins Schullandheim fuhr, dann wahrscheinlich in einen der Nationalparks mit den roten Felsen. *Red rocks*. Die hatte es gut, dort kümmerte sich sicher niemand drum, was für Klamotten man anhatte. Die schauten bestimmt nur, was für ein Mensch man war.
»Möchtest du?« fragte Nelle und hielt ihr eine Tüte Gummibärchen hin.
»Danke«, sagte Carina und nahm drei Bärchen aus der Tüte. Was wohl Gummibärchen auf englisch hieß? Vielleicht gab's in Amerika gar keine. Die aßen vermutlich andere Sachen.
Einen ganzen Tag lang zogen sie durch die Wälder. Immer wieder schmierten sie sich Sonnenmilch ins Gesicht, aber die meisten hatten gegen Abend trotzdem eine rote Nase. Die röteste von allen hatte Herr Weidinger.
»Was hast du denn getrunken?« fragte Frau Schwarz, die Herrn Weidinger seit neuestem duzte, ein wenig spöttisch.
»Die trinken Wein zusammen, wenn wir schlafen!« flüsterte Maribel.
»Woher willst du das denn wissen?«
»Ich hab gehört, wie sie gelacht haben. Auf dem Balkon. Und Herr Weidinger hat heute morgen eine leere Weinflasche zum Müll getragen.«
Gekicher.

Auch Carina hatte einen Sonnenbrand. Dabei war die Sonne hier doch gar nichts gegen die in der Wüste. Da fiel man vor Hitze schon tot um, bevor man sich überhaupt einen Sonnenbrand holen konnte. Wandern war da gleichbedeutend mit Selbstmord, so was machten höchstens Greenhorns. Nur die Indianer konnten es sich leisten, nichts weiter als Federn auf dem Kopf zu tragen, die waren abgehärtet.

Eine ganze Weile nachdem die Sonne hinter der gegenüberliegenden Hügelkette verschwunden war, färbte sich der Himmel im Westen rot. Jetzt war sie in Amerika und leuchtete die roten Felsen an.

»Spielst du mit Monopoly?« fragte Konrad vom Fenster aus.

Carina konnte Monopoly genausowenig leiden wie Schach, aber das stand jetzt nicht zur Debatte. Sie waren nett zu ihr, also war sie auch nett zu ihnen und verzichtete auf den Kauf der teuren Schloßallee, obwohl sie sie sich hätte leisten und sogar ein Haus drauf bauen können.

Seit sie an diesem Morgen aufgewacht war, beobachtete sie sich selbst wie aus der Ferne. Es ging sie alles nicht mehr so richtig was an. Angenehm war das, wie im Film.

Jetzt waren ihr schon wieder die Strümpfe runtergerutscht, bis auf die Knöchel, sicher hatten es alle gesehen und verdrehten die Augen, waren aber weiter nett zu ihr.

Carina zog mit der linken Hand ihre Strümpfe über die Waden, während sie mit der rechten würfelte. Sie verlor, aber sie war jetzt eine gute Verliererin.

Es war alles völlig unwichtig. Sie würde sowieso weggehen. Nach Westen wahrscheinlich. Dann konnten die hier von ihr denken, was sie wollten. Im Westen war dann keiner mehr, der von ihr verlangte, daß sie sich anpaßte. Die würden sie so mögen, wie sie eben war. Da würde sie dann auch den Jungen treffen, in den sie nicht verknallt sein würde, weil es viel mehr und richtig ernst war. Dem würde sie dann vielleicht mal irgendwann erzählen, wie das gewesen war im Schullandheim, als darüber diskutiert wurde, ob man mit ihr auch normal reden konnte. Er würde dann furchtbar lachen und ihr durch die Haare wuscheln.

Sie mußte möglichst bald da hingehen.

Am besten richtig bald.

Sie zahlte eine horrende Häusermiete an die Besitzerin der Parkstraße und lächelte vor sich hin.

Genau. Sie wußte jetzt, was sie tun würde.

Erinnerungsfotos

Diesmal brauchte sie nicht lange auf eine Antwort von Tessa zu warten. Es kam sogar gleich ein doppelter Brief, einer von Tessa an Carina und einer von Tessas Eltern an Carinas Eltern.
Tessa war offenbar genauso begeistert wie Carina.
»Du kannst das Zimmer von meiner großen Schwester haben«, schrieb sie. »Die ist schon vor zwei Jahren ausgezogen. Und zur Schule kannst du hier auch gehen. Ich freu mich schon riesig auf dich.«
Carina legte den Brief auf ihren Schreibtisch und ihr Gesicht auf den Brief. Er war kühl und roch, wie alle Briefe von Tessa rochen. Carina wußte nicht, wonach, sie kannte keinen ähnlichen Geruch. Für sie war es einfach der Geruch von Amerika.
Ihr Herz klopfte laut. Bis jetzt war es gutgegangen. Sie hatte eigentlich selbst nicht so recht daran geglaubt.
Sie konnte nach Amerika fahren. Es gehörte sich eigentlich nicht, daß man sich selbst bei anderen Leuten einlud. Aber das hier war ein Notfall, das hatte Tessas Familie sicher verstanden.
Björn spähte durch die Zimmertür. »Und?« fragte er gespannt. Er war in den Plan eingeweiht.

»Es klappt«, sagte Carina. Ihr wurde ein bißchen übel. Björn sagte erst mal nichts. Vielleicht war er neidisch.
»Jetzt müssen nur noch Mama und Papa ja sagen.«
»Tja, Schwesterherz.« Björn hob grüßend die Hand. »Dann wünsche ich dir noch viel Glück. Leicht wird das bestimmt nicht. Ein Jahr ist eine lange Zeit.«
Es war nämlich alles geregelt, bis auf die bescheidene Tatsache, daß Mama und Papa noch keine Ahnung von Carinas Plänen hatten.
Sie hätte ihnen den Brief von Tessas Eltern einfach hinlegen können. Aber nein, das war feige, sie mußte das Thema schon selber ansprechen. Wenn sie dazu schon gleich zu feige war, dann schaffte sie es nie bis Amerika. Und selbst wenn, Amerikaner konnten bestimmt keine Feiglinge leiden. Bei denen mußte man wohl ein bißchen tapfer sein.
Amerikaner hatten es mit solchen Gesprächen aber auch leichter: Die lernten in der Schule, wie man überzeugend diskutierte und so anrührende Reden hielt, daß allen Zuschauern die Tränen nur so herunterliefen. Carina hatte das schon oft im Fernsehen gesehen, und auch Tessa hatte erzählt, daß sie solche »Rhetorik«-Kurse besuchte. Aber Carina hatte von so etwas keine Ahnung. Ein einziges Mal hatte sie in diesem Schuljahr ein Referat gehalten, über die Entstehung der Schrift, aber das hatte sie wochenlang vorbereitet und größtenteils abgelesen.
Vielleicht war es das beste, die Diskussion mit den Eltern schriftlich vorzubereiten.
Sie nahm ein großes Blatt Papier, legte es quer, zog einen Strich, der es in zwei Hälften teilte, und schrieb in die eine Hälfte »dafür« und in die andere »dagegen«.
Aber ihr fielen keine schlagkräftigen Argumente ein. Da-

für? Einfach alles sprach dafür, denn schließlich war es Amerika.
Dagegen? Dagegen sprach Johnny. Und das war für die Eltern bestimmt kein Argument.
Natürlich war es auch traurig, die Eltern und Björn ein ganzes Jahr lang nicht zu sehen, aber schließlich konnten sie einander schreiben und aneinander denken.
Bei Johnny war das anders, der hatte nur ein kleines Hundegedächtnis und würde sie vergessen haben, bis sie zurückkam.
Sie hatte ihn seit der Woche im Schullandheim nur zweimal abgeholt. Die Ruperts waren selber auch für ein paar Tage weggefahren, und einmal hatte Frau Rupert angerufen und ihr gesagt, sie wolle selbst mit Johnny in den Wald gehen.
Carina gab die förmlichen Vorbereitungen für das Gespräch mit den Eltern auf und beschloß, den richtigen Moment abzuwarten.
Der wollte und wollte sich nicht einstellen.
Mama und Papa dachten an nichts Böses. Sie hatten keine Ahnung davon, daß Carina von ihnen wegwollte.
Carina hatte ihnen die Fotos vom Schullandheim gezeigt, und sie hatten sich gefreut, daß ihre Tochter eine so schöne Zeit erlebt hatte.
Manche Mitschüler grüßten Carina morgens immer noch ganz höflich. Sandra war kürzlich sogar aufgefallen, daß Carina neue Söckchen trug. »Süß sind die!«
Carina wußte, daß sie niemals bestehen konnte. Ihr fielen weder neue Söckchen noch neue Brillen, nicht einmal neue Frisuren auf. Höchstens noch Nasenringe, aber die konnte sie beim besten Willen nicht bewundern.
Es war Zeit, daß sie woanders hinging.

Wieder wurde es Herbst. Der Hausmeister hatte eine neue Maschine, einen Laubsauger, mit dem er im Hof das Laub von den Wegen blies und dann die zusammengewehten Blätterhaufen einsaugte. Das Gerät machte einen Höllenlärm, so daß während des Unterrichts oft die Fenster geschlossen wurden. Carina saß auch dieses Jahr am Fenster. Sie konnte von ihrem Platz aus nach Westen schauen. Aber solange sie nur nach Westen schauen konnte und noch nicht dort war, mußte sich Carina eben Mühe geben. Sie hatte es Herrn Weidinger versprochen. Also trug sie Schuhe mit hohen Gummiabsätzen und Profilsohlen, weil die modern waren, aber es nützte nichts. Sie gehörte trotzdem nicht dazu.
Ihre Haare wurden immer zotteliger, weil sie beschlossen hatte, sie wachsen zu lassen, bis sie einen Zopf hatte, so einen, wie Maribel gehabt hatte. Bis sie aus Amerika zurückkam, waren ihre Haare bestimmt so lang, daß man einen Zopf flechten konnte.
Aber wenn sie wirklich nach Amerika wollte, mußte sie dringend mit Mama und Papa reden.
Es war sehr schwierig, einen Anfang zu finden.
»In Amerika lernen die Schüler, wie man eine Rede hält!« sagte Carina eines Abends beim Essen. Endlich!
Aber es kam keine Reaktion.
»Die können sich ihre Kurse selber aussuchen. Es gibt da viel mehr Möglichkeiten als hier.«
»Ich hab gelesen, die Allgemeinbildung der Amerikaner ist katastrophal«, sagte Papa. »Da wissen manche noch nicht einmal, daß sich die Erde um die Sonne dreht und nicht umgekehrt.«
Björn kicherte, aber Carina paßte diese Aussage nicht in ihren Plan. Sie machte einen neuen Anlauf.

»Frau Seibold meint, ich käme innerhalb kurzer Zeit im Unterricht mit, wenn ich in eine amerikanische Schule ginge.«
Nun war es heraus.
»Wo gibt es denn hier eine amerikanische Schule?« fragte Mama abwesend und fing an, die Teller zusammenzustellen.
»Hier nicht«, stammelte Carina. »In Amerika.«
Mama ließ die Teller stehen, setzte sich wieder hin und starrte Carina an.
»Was willst du eigentlich? Kannst du das mal klar sagen?«
»Ich ... ich könnte mit Tessa in die Schule gehen. Nur für ein Jahr. Ihre Eltern haben auch nichts dagegen.«
»Unsinn«, sagte Papa und stand vom Tisch auf.
»Aber ... aber sie haben geschrieben, ich soll kommen ... sie haben auch an euch geschrieben ...«
»Hast du dich etwa bei denen eingeladen?« Mama wurde ganz böse. »Und wir sind die letzten, die noch gefragt werden? Das ist ja die Höhe!«
»Aber ...«
»Ich will nichts mehr davon hören!« Papa ging hinaus.
»Vielleicht ist es gar keine schlechte Idee.« Björn kam ihr zu Hilfe. »Da sammelt sie doch eine Menge Erfahrungen. Und wenn sie zurückkommt, spricht sie perfekt Englisch.«
»Ihr habt gehört, was Papa gesagt hat.« Mama donnerte die Teller ins Spülbecken. »Schluß, aus.«
Björn zog Carina aus der Küche, bevor sie eine Szene machen konnte.
»Laß jetzt mal«, sagte er. »Das muß sich erst setzen. Du kriegst sie bestimmt noch rum.«

»Sie haben nicht mal den Brief gelesen!« heulte Carina.
»Den mußt du ihnen noch hinlegen«, sagte Björn. »Zu den Zeitungen oder so. Wo sie ihn zufällig in die Finger kriegen.«
Die roten Felsen auf dem Poster erschienen Carina weiter weg als je zuvor.
Sie legte den Brief aus wie einen Köder, aber sie erfuhr nicht, ob die Eltern ihn lasen. Sie sagten jedenfalls nichts darüber.
Carina legte ihr Tagebuch vor sich, konnte aber nichts schreiben.
Jedes festgehaltene Wort von ihr konnte in so einem spannenden Moment einen bösen Zauber auslösen.
Björn war ihr eine große Hilfe. Weil sie sich selbst nicht mehr traute, sprach er Papa und Mama noch einmal auf das Thema an.
»Sie meinen, du bist noch viel zu jung«, berichtete er. »Und wenn du zurückkommst, mußt du ein Jahr wiederholen und machst später Abitur.«
»Und wenn schon«, sagte Carina.
»Du brauchst so 'ne Art Anwalt«, sagte Björn. »So was wie mich, nur wichtiger. Einen Lehrer oder so ähnlich. Einer, dem Mama und Papa glauben, daß das ganz prima ist mit dem Jahr in Amerika.«
Schön, daß Björn ein paar Jahre älter war und schon so gute Ideen hatte.
»Vielleicht dein Klassenlehrer?« schlug er vor.
Carina dachte an die Diskussion und schüttelte den Kopf. Nein, mit dem wollte sie über Persönliches nicht mehr reden. Der hatte schon genug mitbekommen.
»Frau Seibold vielleicht.«
»Sicher besser als gar nichts.«

Carina hatte Frau Seibold schon einmal kurz von ihrem Plan erzählt. Damals hatte die Lehrerin mit Begeisterung reagiert. Nun war es ernst. So ernst, daß Carina gleich nach der nächsten Stunde zu ihr ging und sie ansprach. Frau Seibold hatte es eilig.
»Am besten kommst du mal nachmittags bei mir vorbei«, sagte sie. »Dann können wir über alles reden.«
Das war prima, bis auf die Tatsache, daß Frau Seibold Carina am Tag darauf nach Ende der Stunde mit lauter Stimme an den Termin erinnerte. »Wir sehen uns dann um drei!« Alle hörten es und konnten sich ausrechnen, daß Carina sich wieder bei den Lehrern einschmeichelte.
Es wurde allerhöchste Zeit, daß sie nach Amerika kam.
Frau Seibold war wirklich nett.
»Ich erkundige mich mal, wie die Situation von der Schule aus ist«, versprach sie. »Und dann rede ich mit deinen Eltern.«
Sie packte ein dickes Fotoalbum aus und zeigte Carina Fotos von Arizona, und da waren auch Tessa und ihre Eltern und sogar der Großvater mit den Pferden. Das war nicht Maribels Amerika mit den Großstädten und Wolkenkratzern. Es war das Land mit den roten Felsen, und die waren jetzt fast schon Wirklichkeit.
Carina schöpfte wieder Hoffnung.
Nur ging alles viel zu langsam. Tessa wartete bestimmt ungeduldig auf eine Antwort.
Frau Seibold hielt Wort. Sie rief Carinas Eltern an und unterhielt sich lange mit ihnen. Carina schlich aus ihrem Zimmer in den Flur, aber sie konnte nur einzelne Wörter verstehen, die Eltern hatten nämlich die Tür zugemacht.

»Herr Weidinger ist auch dafür«, sagte Mama am nächsten Tag.
Carina wurde rot, als sie den Namen hörte.
»Und?« fragte sie.
Mama seufzte und sah Papa an.
»Wir überlegen es uns«, versprach sie. »Aber ich finde schon, du bist viel zu jung, um allein in der Weltgeschichte herumzureisen.«
»Vielleicht ...« wagte Carina nun doch in ihr Tagebuch zu schreiben.

Am Nachmittag darauf klingelte Carina wie üblich bei Johnny. Niemand öffnete. Dafür tobte Johnny hinter der Tür. Er heulte und bellte und winselte abwechselnd. Durch die Tür versuchte Carina, ihn zu beruhigen. Sie klingelte noch mal. Vielleicht war Frau Rupert im Keller und hatte sie nicht gehört. Aber es geschah immer noch nichts. Schließlich machte Carina kehrt und schloß ihr Fahrrad auf. Johnny bellte noch immer, daß die Fenster klirrten.
Verwirrt fuhr Carina nach Hause.
Womöglich war etwas passiert, womöglich war Frau Rupert von der Leiter gefallen oder hatte an ein Stromkabel gefaßt. Ihr Auto stand doch da.
»Sie wird weggegangen sein«, sagte Mama. »So einen Hund muß man ja auch mal allein lassen können.«
»Aber sie weiß doch, daß ich komme.«
»Vielleicht hat sie's vergessen.« Mama bügelte und schwitzte dabei.
»Mach doch mal das Fenster auf«, sagte sie. Carina gehorchte. Kalte, feuchte Luft kroch ins Zimmer. Ein Schwarm Spatzen tobte in den Rosen. Zwei Elstern hüpf-

ten schwerfällig durch das Geäst der Birke. Carina hauchte, um zu sehen, ob ihr Atem schon dampfte. Aber so kalt war es doch noch nicht.
»Wenn es dir langweilig ist, kannst du mal die Kleider einräumen«, sagte Mama und wies auf die nach einzelnen Familienmitgliedern sortierte Wäsche.
Carina nahm ihren eigenen Stapel und ging in ihr Zimmer.

Eine Nacht lang dachte Carina mehr an Johnny als an Amerika. Sein Heulen klang ihr noch im Ohr. Merkwürdig, wie selten es in letzter Zeit geklappt hatte mit den Spaziergängen. Dauernd war etwas dazwischengekommen. Manchmal lag das an ihr selbst, aber meistens sagte Frau Rupert ab. Dabei war die früher immer so froh gewesen, wenn sich Johnny mit Carina austobte. Er war jetzt ausgewachsen und brauchte jede Menge Bewegung.
Am nächsten Tag konnte Carina es kaum bis drei Uhr abwarten. Sie hatte die Hausaufgaben schon lange erledigt.
Die Luft war ungewöhnlich klar, auf dem Hügel hinter der Stadt konnte man fast jeden einzelnen Baum erkennen. So eine Fernsicht gab es immer nur, wenn Regen aufzog. Wenn es dann schließlich regnete, konnte man nicht mal mehr den Hügel selbst sehen.
Carina hatte richtig Herzklopfen, als sie ihr Fahrrad abstellte. Schon hörte sie Johnny wieder bellen.
Aber diesmal öffnete Frau Rupert die Tür, bevor Carina klingeln konnte. Sie kam heraus und schloß die Tür hinter sich, so daß Johnny ihr nicht folgen konnte.
Carina hielt den Fahrradschlüssel in der Hand und sah Frau Rupert entgegen. Da drohte irgendwas, sie spürte es genau.

»Kann ich denn heute wieder...?«
»Hör zu«, sagte Frau Rupert, als sei diese Aufforderung nötig. »Ich wollte schon länger mit dir reden.«
Vielleicht hatte sie rausgekriegt, daß Carina Johnnys Leine ab und zu losgelassen hatte, so daß er sich fast frei bewegen konnte. Es war aber nie etwas passiert.
»Mein Mann...« fing Frau Rupert an und besann sich. »Wir sind zu dem Schluß gekommen, daß es besser ist, wenn du Johnny nicht mehr ausführst.«
»Aber wieso?« Carina konnte kaum sprechen. Frau Ruperts Gesicht verschwamm vor ihren Augen.
»Nicht, weil du irgendwas falsch gemacht hast«, versicherte Frau Rupert schnell. »Du hast dich wunderbar um ihn gekümmert. Es ist nur so, daß er gar nicht weiß, wo er hingehört. Er hört besser auf dich als auf uns, und wenn du vor der Tür stehst, reißt er uns fast das Haus nieder.«
O ja, er riß, Carina konnte ihn hören.
»Und weißt du«, sagte Frau Rupert und bemühte sich, mütterlich auszusehen, »er ist kein kleiner Welpe mehr. So ein großer Hund muß in dem Alter einfach wissen, wer sein Herr ist. Mein Mann geht ja jetzt jedes Wochenende mit ihm auf den Hundeplatz. Es verwirrt Johnny nur, wenn er so hin- und hergezerrt wird.«

»War sie schon wieder nicht da?« fragte Mama aus dem Wohnzimmer, als Carina nach Hause kam.
Sie konnte nicht antworten, denn Tränen liefen ihr über das Gesicht, und im Hals hatte sie einen dicken Kloß.
Im Geiste sah sie einen schwarzen Welpen mit viel zu großen Pfoten nach vereisten Zweigen tapsen.
Die Fotos hatte sie noch. Eins davon klebte sie ganz vorn

ins »Tagebuch mit Johnny«. Das hatte sie im Laufe des Jahres fast vollgeschrieben, so viel hatte sie mit Johnny erlebt.
»Die sind doch bescheuert«, tröstete Björn. »Eifersüchtig auf ihren Köter.«
»Vielleicht haben sie ja recht«, meinte Papa. »So ein Hund braucht eine starke Hand. Der ist nichts für kleine Mädchen.«
»Unsinn!« sagte Mama, und Papas Hand mit dem Brotmesser verharrte einen Moment lang in der Luft, während er seiner Frau einen verwirrten Blick zuwarf.

Entweder das war noch viel schlimmer als die Trennung von Anja, oder Carina hatte schon vergessen, wie schlecht es ihr damals gegangen war. Vielleicht war der Verlust von Johnny deswegen schlimmer, weil Johnny sich selbst ja gar nicht von Carina trennen wollte. Im Gegenteil, sie durfte ihn gerade deswegen nicht mehr sehen, *weil* er sie so gerne mochte.
Sicher saß er jeden Nachmittag um drei an der Tür und wartete auf sie, und sie konnte ihm nicht erklären, warum sie nicht kam.
Jedenfalls waren beide Trennungen schrecklich, ungerecht und unverständlich, und Carina wollte überhaupt nie mehr jemanden gern haben, weder eine Freundin noch einen Hund noch überhaupt irgend jemanden in ihrem ganzen Leben.
In der Nacht kriegte sie kaum Luft. Ihr jämmerliches Husten weckte Mama. »Das ist der Wetterumschwung«, sagte die. »Ich war heute auch den ganzen Tag wie erschlagen.«
Sie kochte Carina einen Bronchialtee. Dann setzte sie sich an ihr Bett, und beide starrten eine Weile aus dem Fen-

ster, obwohl es dunkel war und es deswegen gar nichts zu sehen gab.
»Meinst du, du kannst schlafen?« fragte Mama dann.
Carina nickte.
Am liebsten hätte sie gefragt, ob sie bei den Eltern im Bett schlafen durfte. Das war natürlich völlig unmöglich. Schon seit sie in die Schule ging, machte sie so etwas Kindisches nicht mehr, nicht mal bei ganz starken Gewittern, wenn es in einem fort blitzte.
Als Mama die Tür hinter sich schloß, hatte Carina das Gefühl, daß diese Tür nun für immer und ewig geschlossen bleiben würde. Alle gingen für immer von ihr weg. Es half wenig, sich zu sagen, daß Mama und Papa nur durch eine dünne Wand von Carina getrennt in ihren Betten lagen und sie jederzeit nach ihnen rufen konnte.

Erstaunlich war, daß man fast in jeder Lage noch in die Schule gehen konnte, selbst wenn man gerade noch gedacht hatte, daß man nie mehr einen Fuß vor den anderen setzen würde.
Das Leben lief weiter wie ein Wasserrad, und wenn man gerade nicht aus eigener Kraft vorwärtskam, dann schaufelte einen das Rad einfach weiter, und man kriegte eben ein paar blaue Flecken ab.
Als Carina abends an ihrem Schreibtisch saß und auf den Kalender starrte – diesen Monat war ein Foto von einem Igel im Herbstlaub drauf –, schaute Björn zur Tür rein.
»Komm runter«, sagte er. »Mama und Papa wollen mit dir reden.«
Carina rutschte von ihrem Stuhl.
Björn grinste so ein bißchen.
»Was ist denn?«

Er verriet nichts, zuckte nur die Achseln.
Mama und Papa saßen auf ihren Sesseln. Carina mußte sich auch hinsetzen.
»Also, wenn du ganz sicher bist...« fing Mama an.
»Und wenn die Schule dich freistellt...« fuhr Papa fort.
»Sie meinen, du darfst nach Amerika«, ergänzte Björn, der es nicht mehr aushielt.
Carina saß erst einmal völlig stumm und dumm da.
»Oder willst du gar nicht mehr?« fragte Mama hoffnungsvoll.
»Doch«, flüsterte Carina.
»Du kannst jederzeit zurückkommen.« Mama kriegte jetzt schon feuchte Augen.
Carina hatte ein ganz schlechtes Gewissen. Womöglich dachten die Eltern, daß Carina sie nicht mehr mochte und deswegen zu einer anderen Familie ziehen wollte. Aber das alles hatte nichts mit ihnen zu tun.
»Jetzt heul du auch noch!« sagte Papa zu Carina.
»Dann kannst du mir Turnschuhe mitbringen.« Björn blieb ganz praktisch. »Die, für die dieser Basketballspieler Werbung macht, der Schwarze. Die sind da drüben viel billiger.«
»Dein Bruder sieht also auch seinen Vorteil in dieser Reise«, stellte Papa fest.
Und weil das ein feierlicher Abend war, kriegte Carina ein bißchen Wein, allerdings mit Mineralwasser verdünnt.

Es blieb alles wie ein Film oder ein Traum, den sie nicht ins Tagebuch schreiben konnte, weil er sich womöglich plötzlich auflöste, wenn sie über ihn nachdachte.
»Freust du dich denn nicht?« Björn wunderte sich über ihre düstere Miene.

»Ich weiß nicht.«
»Na, du bist gut.« Björn schüttelte den Kopf. »Erst dieses ganze Theater, und jetzt willst du doch nicht fahren.«
»Klar will ich fahren.«
Klar wollte Carina fahren. Sie hätte ja sonst bleiben müssen. Und das erschien ihr im Moment unmöglicher als je zuvor.

Bei der Zeugnisverteilung überreichte Herr Weidinger Carina als Abschiedsgeschenk einen Bildband mit Landschaftsfotos aus dem amerikanischen Südwesten und teilte den anderen mit, daß sie nach Weihnachten nicht mehr in die Klasse zurückkommen würde.
»Sie wird ein Jahr in den Vereinigten Staaten verbringen«, sagte er.
Als Carina mit einem Kloß im Hals ihre Sachen zusammenräumte, standen plötzlich ein paar Mädchen vor ihrem Tisch.
»Daß du dich traust«, sagte Nicole. »Ich würde mich nie trauen.«
»Schreibst du mal?« fragte Maribel.
»Wenn du magst.«
»Mir auch«, sagte Anja. »Mir kannst du auch mal schreiben.«

»War's schlimm?« fragte Mama, als Carina aus der Schule kam.
Carina schüttelte den Kopf. Sie fühlte sich ganz leer. Es gab kein Zurück. Sie ging weg. Jetzt hing alles von einer Adresse in Amerika ab.
Von der aus sie Anja dann »mal schreiben« konnte.
»Du mußt nicht fahren«, sagte Mama. Sie gab die Hoff-

nung nicht auf, daß Carina es sich überlegen würde. »Du kannst immer noch hierbleiben. Es ist noch nichts endgültig entschieden.«
Dabei wußte sie selber, daß das nicht stimmte.

Schulball

Carina lag auf dem Bett. Vor sich hatte sie eine Sammlung von Kladden ausgebreitet. Immer wieder griff sie sich eine heraus, blätterte ein bißchen darin herum, las einen Moment, dann klappte sie das Buch wieder zu und legte es zurück zu den anderen.
Das hier waren alle ihre Tagebücher. Sie enthielten fünf Jahre von Carinas Leben. Besonders viel stand da ja nicht. Das Traumtagebuch war noch immer fast leer. Carina überlegte, ob sie die wenigen beschriebenen Seiten herausreißen und die Kladde anderweitig verwenden sollte. Sie entschied sich dagegen. Nein, sie wollte alles so lassen und lieber ein ganz neues Buch anfangen. Ein einziges. Da konnte sie alles drin aufschreiben, alles, was ihr in Amerika begegnete, und auch alles, was sie dort träumte.
Zum ersten Mal seit über einem Jahr traute sie sich, ein paar Seiten im »Tagebuch mit Anja« zu lesen.
Das »Tagebuch mit Johnny« mochte sie noch nicht anfassen.
»Wie weit bist du denn?« rief Mama von unten.
Carina sollte eigentlich packen.
Weil sie keine Antwort gab, kam Mama die Treppen rauf.

Hastig fegte Carina die Tagebücher mit dem Unterarm unter ein Kissen. Sie mußte sich noch überlegen, was aus ihnen werden sollte.
Sie sah sich im Garten einen Scheiterhaufen errichten und alles, was sie jemals geschrieben hatte, darin verbrennen.
Leider war abzusehen, daß Mama und Papa gegen diesen romantischen Abschied von der Vergangenheit einiges einzuwenden hatten. Vielleicht war es ganz gut so.
Wenn man etwas verbrannt hatte, dann erstand es nie wieder so aus der Asche auf wie der Vogel Phoenix. Da mußte sie schon vorsichtig sein. Sie war sich ja noch gar nicht so sicher, ob sie die Tagebücher endgültig vernichten wollte. Vielleicht reichte es, sie eine Zeitlang nicht zu sehen. Vielleicht konnte sie dann, wenn sie erwachsen und alles vorbei war, wieder einmal darin lesen.
Mama kam zur Tür herein, schüttelte den Kopf, weil Carina auf dem Bett lag, anstatt sich um ihre Koffer zu kümmern, und ging an den Schrank.
»Du hast noch gar keine wärmeren Kleider ausgesucht«, sagte sie. »Wie kalt wird's da überhaupt im Winter?«
»Keine Ahnung.«
»Das mußt du aber wissen.« Mama schob mit den Händen die Kleider im Schrank auseinander, zog eine dicke Jacke hervor, betrachtete sie und schüttelte wieder den Kopf.
»Ist auch nicht mehr so schön. Vielleicht sollten wir dir noch eine neue Jacke kaufen.«
»Die tut's doch«, sagte Carina.
»Du sollst doch nach was aussehen.« Mama hängte die Jacke zurück. »Nicht wie ein armes Würstchen herumlaufen.«

Carina hatte schon eine ganze neue Sommergarderobe gekriegt, damit sie in Amerika nicht wie ein armes Würstchen herumlief.
Es waren noch genau sechs Tage bis zu ihrer Abreise.
Den Flug hatten Mama und Papa schon lang gebucht. Carina war noch nie geflogen, und nun sollte sie gleich ganz allein durch die halbe Welt reisen! Sie hatte vorsichtshalber schon ein seitenlanges englisches Gespräch auswendig gelernt, das im Lehrbuch mit »At the airport« überschrieben war. Da verschwanden zunächst irgendwelche Koffer, dann verpaßte der Reisende sein erstes Flugzeug, und als er das nächste bestieg, wurde es prompt von arabischen Terroristen entführt, die glücklicherweise nur eine Spielzeugpistole als Waffe benutzten, so daß alles doch noch gut ausging. Carina konnte nur hoffen, daß keine Komplikationen auftreten würden, die das Lehrbuch nicht behandelte!
Seit Wochen kriegte Mama in regelmäßigen Abständen Panikanfälle: »Ach was, das kommt überhaupt nicht in Frage! So ein kleines Mädchen allein in der Weltgeschichte! Nein, nein, wir sagen das Ganze wieder ab.«
Nach dem dritten Mal nahm Carina diese Anfälle nicht mehr so ernst. Mama beruhigte sich ja doch immer wieder, und alles würde nun wie vorgesehen seinen Gang nehmen. Carina hatte selber auch ziemlich oft Angst, aber das durfte sie natürlich nicht so zeigen.
»Und vergiß nicht, dich immer mit Sonnenmilch einzuschmieren«, sagte Mama, und auch das sagte sie ungefähr zum hundertsten Mal. »Lichtschutzfaktor sechzehn. Ich hab dir eine Flasche besorgt, und wenn die leer ist, kaufst du dir sofort eine neue, hörst du. Wenn du doch da in der Wüste herumrennst.«

Carina hörte gar nicht richtig hin, denn gleichzeitig klapperte der Hausbriefkasten. Sie stürmte aus dem Zimmer, polterte die Treppen runter und fischte die Post aus dem Briefkasten.
»Brief von Tessa!« rief sie.
Der war gerade noch rechtzeitig angekommen!
Sie riß den Umschlag auf.
Ein Foto fiel heraus und landete verkehrtrum auf dem Teppichboden.
Carina hob es auf und drehte es um.
Da war Tessa. Diese junge Frau auf dem Bild mußte Tessa sein, trotz der Fönlocken, der dicken Wimperntusche und des Puffärmelkleids. Diese junge Frau neben dem braungebrannten Muskeltyp im hellen Anzug. Beide ließen derart ihre Zähne blitzen, daß man zum Anschauen fast eine Sonnenbrille brauchte.
Das konnte nicht sein. Nicht mal in Amerika, wo ziemlich viel möglich war, heiratete man so früh.
Carina atmete tief durch und faltete den Brief auseinander.
»Ich schicke Dir ein Foto vom Schulball«, schrieb Tessa. »Steve (neben mir) hat mich zum Ball eingeladen. Ist er nicht süß? Und er ist ein hervorragender Footballspieler.«
Carina mußte sich setzen. Jetzt war es also doch passiert. Jetzt hatte sie auch noch Tessa verloren.
Sie zwang sich, den Brief zu Ende zu lesen. Tessa überschlug sich vor Begeisterung und hatte sich schon genau überlegt, was sie mit Carina zuerst unternehmen wollte. Gleich zum Empfang würde sie eine große Party geben und alle ihre Freunde einladen. Steve natürlich auch.
Es klang wirklich so, als würde sie sich – trotzdem – immer noch auf Carina freuen.

Carina legte den Brief weg und schaute wieder das Bild an.
Wenn Björn das sah, würde er bestimmt nicht mehr sagen: »Das ist ja ein kleines Mädchen.«
Am besten zeigte sie es ihm gar nicht.
Im oberen Stockwerk polterte Mama am Schrank.
Carina betrachtete das Bild eingehend.
Tessa strahlte wie ein Honigkuchenpferd, richtig glücklich sah sie aus. Wenn man sich die Schminke und die Fönlocken wegdachte, war sie vielleicht doch noch das Mädchen auf den roten Felsen.
Der Junge hatte abstehende Ohren. Carina stellte sich vor, wie knallrot die angelaufen waren, als Steve Tessa zum Ball eingeladen hatte.
Obwohl ihr ein bißchen flau im Magen war, mußte sie grinsen.
Na gut. Sie würde sich diese Party mal ansehen. Vielleicht waren Partys in Amerika anders. Jetzt gab es sowieso kein Zurück mehr.
Sie stand auf und ging die Treppen hinauf.
»Gibt's noch was Besonderes?« fragte Mama.
»Nein«, sagte Carina. »Alles in Ordnung. Sie freuen sich.«
»Ich muß mal in meinem Schrank nachsehen, ob ich nicht noch einen Pulli für dich habe«, sagte Mama und verschwand aus dem Zimmer.
Carina schloß leise die Tür. Aus einer Schublade ihres Schreibtischs zog sie eine dicke, in marmoriertes Papier gebundene Kladde hervor. Die hatte sie schon letztes Jahr zu Weihnachten gekriegt und für einen besonderen Anlaß aufgehoben.
Sie klappte die erste Seite auf und schrieb darauf in Blockbuchstaben AMERIKA-TAGEBUCH.

Dann blätterte sie eine Seite weiter, griff nach dem Klebstift und klebte das Foto von Tessa und Steve ein. Sie strich es vorsichtig glatt und schrieb das Datum dazu.
Schließlich holte sie alle ihre alten Tagebücher unter dem Kissen hervor und stopfte sie in die Schublade. Die ging hinterher kaum noch zu, und Carina mußte kräftig dagegenstoßen.
»Laß die Möbel ganz!« sagte Mama, die gerade mit einem blaugoldenen Pulli über dem Arm ins Zimmer zurückkam.
»Klar«, sagte Carina. »Es muß ja noch was dasein, wenn ich zurückkomme.«